스탠 바이 미

첫판 1쇄 펴낸날 2025년 10월 31일

지은이 김하율 정진영 조영주
발행인 조한나
주니어 본부장 박창희
편집 박고은 정예림 강민영
디자인 전윤정 김혜은
마케팅 문창운 김인진 김은희
회계 양여진 김주연

펴낸곳 (주)도서출판 푸른숲
출판등록 2003년 12월 17일 제2003-000032호
주소 서울특별시 마포구 토정로 35-1 2층, 우편번호 04083
전화 02) 6392-7871~7874 **팩스** 02) 6392-7875
인스타그램 @psoopjr **이메일** psoopjr@prunsoop.co.kr
홈페이지 www.prunsoop.co.kr

ⓒ김하율·정진영·조영주, 2025

ISBN 979-11-7254-570-3 44810
      978-89-7184-419-9 (세트)

* 잘못된 책은 구입하신 서점에서 바꾸어 드립니다.
* 이 책 내용의 전부 또는 일부를 재사용하려면 저작권자와 푸른숲주니어의 동의를 받아야 합니다.

차례

| 김하율 | 마라탕후루집 딸을 좋아해 | 6 |

| 조영주 | 스탠 바이 미 | 42 |

| 정진영 | 소거법 | 86 |

작가의 말

  이 작품은 예전에 써 두었던 장편 소설의 한 부분을 떼어 온 것입니다. 그 소설 안에는 투명 인간 짐과 힘이 강해지는 이나를 비롯해 날개가 있는 인간, 물속에서 숨 쉬는 인간, 상처가 금세 재생되는 인간과 초청각을 가지고 있는 인간까지. 많은 능력자가 등장합니다.
  이 소설에서 자신의 능력을 발견하는 과정은 죽을 것처럼 괴로웠던 한 시기의 고난과 마주하는 과정과 같습니다. 그러고 나면 자신이 어떤 능력을 가진 인간인지 알 수 있게 됩니다.
  현실의 우리는 짐과 이나처럼 능력자가 되지는 못하겠지만, 자기 자신이 어떤 사람인지를 발견할 수 있을 겁니다. 고난과 역경을 이겨 낸 나, 단단하고 강인한 나, 지혜롭고 부드러운 나. 그렇게 내가 나를 일으켜 세운 적이 있는 사람은 다른 사람에게 쉽게 손을 내미는 사람일지도 모릅니다. 아프고 힘든 사람들에게 손을 내밀어 주는 사람. 어쩌면 구원은 아주 가까운 곳에 있는 것 아닐까요?

"다 갔겠지?"

다리가 저려서 더 이상 앉아 있을 수 없는 지경이 되자 짐은 변기에서 엉덩이를 들었다. 그리고 화장실 문에 귀를 댔다. 밖에서 아무 소리도 들리지 않았다. 짐은 조심스럽게 문을 열었다. 참았던 숨을 몰아쉬었다.

일진 무리들이 자신을 왜 그냥 두고 갔는지 아직도 이해가 안 됐다. 심지어 안 보인다는 듯이 쇼까지 하고 그냥 가질 않나. 뭔가 다른 꿍꿍이가 있는 게 분명했다. 하지만 어찌 되었든 오늘은 무사히 넘어갔다.

짐은 문을 조심스레 열고 나가 거울 앞에 섰다. 그런데 문제가 있었다.

"어?"

두 가지 문제였다. 하나는 놈들이 짐이 벗어 놓은 옷을 몽땅 들고 가 버렸다는 것이고, 다른 하나는 좀 더 심각했다.

"안 보이네."

뭐야, 뭐지? 짐은 자신의 몸을 손으로 더듬었다. 하지만 더듬는 손조차도 보이지 않았다. 지금 서 있는 체육관 화장실 거울 앞에는 아무도 없었다. 아니, 아무도 없는 것처럼 보였다.

이럴 수가 있나. 주위를 둘러보았다. 정말 존재감 있는 생명체가 아무도 없었다. 이거 혹시 벽인가. 거울 앞으로 가까이 다가갔다. 그러자 자신이 내쉬는 숨결로 거울에 김이 서리는 것이 보였다.

그제야 짐은 자신의 몸을 내려다보았다. 불룩 나온 뱃살이 보이지 않았다. 발은 뱃살에 가려져서 원래도 보이지 않았지만.

"뭐야, 나 지금 투명 인간 된 거야?"

당황과 황당 사이의 감정에 빠진 채 뺨을 때려 보았다.

짝-

소리가 날 뿐 아니라 아프기까지 했다. 그런데 보이지는 않았다. 통통한 볼도, 통통한 손가락도. 그저 발밑으로 물이 뚝뚝 떨어질 뿐이었다. 몸이 부르르 떨렸다. 물을 뒤집어썼더니 여름인데도 한기가 들었다. 짐은 방금 전의 상황을 떠올렸다.

몰래 왔다고 생각했는데 알고 보니 일진 패거리가 토끼몰이를 한 격이었다. 화장실에 숨었다가 물벼락을 맞았다.

짐은 두 손으로 머리카락을 움켜쥐었다. 여전히 손도, 머리도 보이지 않았다. 세상에, 투명 인간이라니. 심장이 튀어나올 것처럼 빠르게 뛰었다. 어디서부터 잘못된 걸까.
머릿속으로 시간을 되돌리고 되돌렸다. 그 끝에 마라탕이 있었다.

어제였다. 집에 가는 길, 그러니까 동네 끝자락에 새로운 간판이 보였다. 마라탕후루. 마라탕과 탕후루를 세트로 파는 가게인 것 같았다. 간판조차 빨간색과 노란색이 섞여 자극적인 색감이었다. 뭔가 엄청나게 끌리면서도 위험한 느낌. 음식의 우범 지대가 있다면 바로 저기가 아닐까, 라고 생각하던 찰나였다. 가게 문을 열고 누군가 밖으로 나왔다. 아는 얼굴이었다. 배이나.
"반장이네."
짐은 혼잣말로 중얼거리다 아차 싶어서 입을 닫았다. 혼잣말은 왕따의 표식인 것 같아서 안 하려고 하는데 자신도 모르게 튀어 나와 버렸다. 이나는 주위를 쓱 둘러보다가 빠르게 발걸음을 옮겼다. 마치 자신을 본 사람이 없는지 살피기라도 하는 것처럼. 다행히 짐은 가로수 뒤에 숨어 레이더망에 걸리지 않았다. 하지만 누군가 그 모습을 본다면 어이없다는 듯 웃을 것이다.
그 몸이 나무로 가려지니?
사실 짐은 100킬로그램에 육박하는 고도 비만이다. 키가 180센티미터가 넘는다면 거구라고 하겠지만 170센티미터도 안 되기에 그냥 고도 돼지라고 불렸다. 아무튼 뭐에 홀리기라도 한 것처럼 걸어가 마라탕후루 가게의 문을 열었다.

"어서 오세요."

아저씨가 어색하게 웃으며 짐에게 인사를 했다.

"혼자 오셨어?"

물병과 컵을 가져다주며 반존대로 묻는 아저씨에게 짐은 고개를 끄덕이며 마라탕 한 그릇을 주문했다. 이나도 마라탕을 좋아하는 걸까. 원래 맵찔이라 매운 음식은 잘 안 먹는데 오늘은 도전 의식이 생겼다.

하지만 자극적으로 보이는 빨간 국물을 보자 바로 후회가 되었다. 국물을 수저로 떠서 입안에 넣었다. 맵기 1단계 신라면 정도였는데도 혀가 얼얼했다. 이건 매운 것도 아니고 짠 것도 아니고 뭐라고 정의할 수 없는 맛이었다. 뭔가 얼얼한 맛. 이런 걸 왜 먹는 걸까.

"오픈 서비스."

아저씨가 느끼하게 윙크를 하며 테이블에 접시를 하나 놓고 갔다. 접시에는 탕후루 하나가 놓여 있었다. 딸기와 귤이 번갈아 꽂힌 채 설탕으로 코팅된, 윤기가 아주 자르르 흐르는 꼬치였다.

짐은 미간을 찡그렸다. 아무도 안 믿겠지만 짐은 단걸 그리 좋아하지 않는다. 달달한 걸 좋아하지만 너무 단거는 싫은, 양가적인 감정을 가졌달까. 그래도 오픈 서비스라니 먹어야 할 것 같아서 마라탕과 탕후루까지 다 먹고 나왔다.

짐은 그날 저녁부터 예정된 후폭풍에 시달려야 했다. 자극적인 걸 먹으면 여지없이 배가 아프고 설사를 하고 마는.

폭풍 설사는 다음 날까지 계속됐다. 일진 패거리가 하이에나처럼 호시탐탐 트집 잡을 기회를 노리는 것을 알기에 쉬는 시간에도, 점심시간에도 자리를 지키려 애썼다. 하지만 직장에서 점점 꾸르륵 소리가 나면서 항문은 더 이상 버틸 수 없다고 난동 중이었다. 일촉즉발의 상황이었다. 더 지체하다가는 존재감을 드러내고 말 것 같았다. 삼전중학교 1학년 3반 무존재감에서 유존재감으로. 그건 끔찍한 일이었다.

짐은 자리에서 벌떡 일어나 체육관으로 뛰었다. 체육관에는 사람이 드물었다. 체육관 화장실은 더 그랬다. 귀신이 나온다는 소문이 돈 후로는 아무도 이용하지 않았다. 그런데 짐은 지금 귀신 만나는 것보다 더 무서운 상황에 직면했다. 똥을 팬티에 지리는 것, 그걸 애들이 알게 되는 것, 무존재감에서 왕따로 전락하는 것. 그래서 무작정 뛰었다.

결국 뛰는 동안 팬티에 똥을 지리고 말았다. 뛰느라 땀범벅이 된 티셔츠도 벗고, 냄새가 날까 봐 바지도 벗고 알몸으로 세면대에서 팬티를 빨고 있는 중이었다. 그때, 소리가 났다.

"짐! 짐스러운 짐!"

그 뒤로 들리는 웃고 떠들고 까부는 소리. 일진 놈들이었다.

"어떻게 알았지?"

짐은 팬티 빨던 손을 놓고 귀를 기울였다. 소리가 점점 가까워지고 있었다. 심장이 빠르게 뛰면서 등줄기로 식은땀이 흘렀다. 얼른 칸막이로 들어가 문을 잠근 뒤 변기 위로 올라가 쭈그리고 앉았다.

아차, 너무 급하게 들어오느라 옷을 밖에 놔두고 말았다. 나가서 가져오려고 했지만 이미 한발 늦었다. 패거리가 막 화장실로 들어서고 있었다.

"짐! 체육관으로 오면 못 찾을 줄 알았냐?"

"이거 뭐야? 이 자식, 여기서 빨래했나 봐."

"팬티에 똥 쌌냐? 아, 더러워."

웃음소리와 욕설이 뒤섞였다. 알몸으로 놈들 앞에 있다니. 이건 뭐, 고양이 앞에 생선을 스시로 떠서 갖다 바친 꼴이었다.

"숨었냐? 여기에 숨을 데가 어디 있다고. 빨리 나와, 새꺄!"

칸막이는 총 네 칸이었다. 놈들은 첫 번째 칸부터 발로 뻥 차며 열어젖혔다. 짐은 마지막 칸에서 오들오들 떨고 있었다. 사진이 찍힐지도 모른다.

그동안은 얼굴만 갖다 붙인 합성 사진이었다면, 이번엔 진짜 알몸 사진이 찍혀서 전교생에게 유포한다고 협박당할지도 몰랐다. 그럼 전교생은 물론 수위 아저씨부터 보건 선생님까지 다 볼 거고. 아, 이나. 짐은 절망스러운 표정으로 배이나를 떠올렸다. 안 돼!

"너, 지금 나랑 장난치냐? 그러게, 돈 가져왔으면 될걸. 너희 집 맨날 스테이크 먹는다며?"

두 번째 칸을 발로 뻥 차며 일진이 말했다. 이게 다 엄마 때문이었다. 짐이라는 이름도 짧은 미국 생활(약 두 달) 동안 엄마가 미국 이름이 있어야 한다고 해서 지은 이름이었다. 이지민이라는 멀쩡한 이름을 두고 짐이라고 부르는 통에, 그걸 들은 애들이 "쟤가 좀 짐스럽긴 하지."라며 따라 부르는 통에 그냥 짐이 되고 말았다.

엄마는 삼겹살을 구워도 스테이크 먹자고 하는 사람인데, 우연히 그 말을 들은 일진 패거리 중 하나가 오해를 했다. 미국 이민 시도차 다녀온 여행이 이민을 다녀온 게 되어 버린 것처럼.

그날 저녁, 엄마는 30퍼센트 할인하는 미국산 안창살을 사와서 구워 주었다. 미국에서도 먹었던 고기라 미국산이 정감 간다는 이상한 논리로 고기는 항상 미국산이었다. 사실 엄마는 미국산 소고기나 브라질산 돼지고기만 사야 할 정도로 돈이 없었다. 원래도 없었지만 미국 이민이 해프닝으로 끝나면서 더 가난해졌다. 그런데도 짐은 미국에서 살다가 돌아온, 좀 사는 집 애로 찍혀서 놈들의 머니 셔틀이 되고 말았다.

"좋은 말로 할 때 그냥 나와라. 우리도 피곤하다."

세 번째 문을 발로 차며 패거리가 말했다. 짐의 손바닥에 땀이 고였다.

왕따에도 부류가 있다. 짐은 존재감이 없을 뿐 반 아이들에게 노골적으로 괴롭힘을 당한 적은 없었다. (뭐, 일진들을 제외하고) 그저 애들이 말을 안 시키고 밥을 같이 안 먹고, 마치 짐이 투명인간인 것처럼 지나칠 뿐이었다. 이렇게 체구가 큰데 어떻게 못 볼 수가 있냐고? 한쪽 구석에 아주 오랫동안 서 있는 고목나무가 존재감이 없는 것과도 같다.

"야, 짐! 여기 있는 거 다 알아. 맞기 전에 빨리 나와."

"맞으면 아프다. 엄청 아프게 때린다. 문 열어라."

일진 패거리들이 문을 발로 차면서 협박했다. 문이 덜컹덜컹 흔들렸다. 금방이라도 열릴 것 같았다. 짐은 눈을 질끈 감았다.

그동안 저놈들이 유포했던 사진이 떠올랐다. 스모 선수의 몸에 짐의 얼굴을 합성한 사진은 얼핏 보면 정말 짐처럼 보였다. 그리고 그 밑에 쓰여 있는 문장. '뱃살에 가려져서 꼬추가 안 보임', 그 사진의 가장 치명적인 부분은 바로 그 문장이었다.

"야, 안 되겠다. 물 부어."

일진의 명령으로 패거리들이 호스에 연결된 수도꼭지를 풀었다. 그리고 곧 물벼락이 쏟아졌다. 짐은 얼음처럼 차가운 물세례에 몸을 오들오들 떨면서도 이를 악물었다. 신음처럼 가느다란 비명이 입 밖으로 나가는 것을 간신히 막았다.

한차례 물벼락이 끝나고 놈은 투덜거리며 옆 칸으로 들어갔다. 옆 칸 변기를 밟고 서서 위쪽으로 들어올 생각인 것 같았다. 심장이 터질 것처럼 빠르게 뛰었다. 짐은 눈을 꼭 감고 두 손을 모았다.

여기서 도망치고 싶다. 여기서 사라지고 싶다. 이 세상에서 사라지고 싶다. 짐은 마음속으로 간절하게 바랐다. 제발 여기서 사라지고 싶다! 그러자 다른 소리들은 사라지고 마음속의 목소리만이 들리기 시작했다.

세상에서 안 보이고 싶다.

사라지고 싶다, 지금 당장!

"뭐야. 여기 없는데?"

"없다고?"

"아무것도 없어."

패거리의 목소리를 듣고 짐은 현실로 돌아왔다. 눈을 살짝 떠서 위를 보니 놈들의 얼굴이 보였다. 일진과 그 아래에 있는 욕쟁이 놈.

"문이 어떻게 안에서 잠겨 있지?"

"그러게, 옷도 다 벗어 놓고."

"이 새끼, 우리 엿 먹인 거 아니야? 페이크네."

일진 패거리는 마치 연극을 하듯 짐이 진짜로 안 보이는 것마냥 눈알을 이리저리 굴렸다.

처음엔 이것도 고도의 린치 중 하나일 거라고 생각했다. 그래서 숨죽이고 꼼짝도 안 했는데, 놈들은 한차례 짜증을 내더니 이내 관심을 끄고 가 버렸다.

그런데 정말 안 보인다. 짐은 거울 앞에서 손을 흔들어 보았다. 역시나 보이지 않았다. 거울에 손바닥을 대자 물 자국이 손바닥 모양으로 남았다. 믿을 수가 없었다. 이거 몰카인가. 세상이 나를 대상으로 몰래 카메라를 찍는 건 아닐까. 나를? 내가 뭐라고. 짐은 고개를 저었다. 신이 있어서 방금 전의 간절한 바람을 들어준 거라고 생각하는 게 더 합리적이었다. 세상에서 사라지고 싶다고 했던 바람. 아니, 열망.

화장실에 말라비틀어진 수건이 있기에 그걸로 몸에 묻은 물기를 대충 닦아 냈다. 거울을 보니 수건이 공중에 둥둥 떠다니고 있었다. 이 상태에서 옷을 입는다면 투명 인간이 지나간다는 광고를 하는 것과 같다. 어차피 옷은 놈들이 가져가 버렸지만.

짐은 나체 상태로 밖으로 나왔다. 그래도 체육관을 나서기 전까지 용기가 필요했다. 혹시라도 내 눈에만 안 보이는 거 아닐까. 아무리 투명 인간이라도 나체로 길을 활보한다는 건 내키지가 않았다.

그때, 체육 선생님이 안으로 들어오는 게 보였다. 짐은 벽에 바짝 붙어 섰다.

"무슨 냄새지?"

체육 선생님은 코를 킁킁대며 냄새를 맡았다. 벌름거리는 코가 짐의 얼굴 앞까지 다가왔다. 침이 꿀꺽 넘어갔다. 하지만 체육 선생님은 고개만 살짝 갸웃할 뿐이었다.

"어디서 걸레 쉰 냄새가 나냐. 아, 이 자식들 좀 씻고 다니라니까."

체육 선생님은 투덜대며 계단을 올라갔다. 그제야 짐은 아까 물기를 닦았던 게 수건이 아니라 걸레라는 것을 알았다. 팔을 들어 냄새를 맡자 윽, 정말로 몸에서 쉰내가 났다. 하지만 이로써 인정하게 되었다. 자신이 투명한 인간이 되었다는 것을. 이런 능력이 나한테 있었구나.

그동안 능력자들의 소문은 종종 들려왔다. 그런데 내가 능력자가 되다니. 짐은 맨발로 땅을 디뎠다. 흙바닥의 까슬하고 시원한 느낌이 이상하게 상쾌했다.

어디로 가야 할지 몰라 집 방향으로 터덜터덜 걸었다. 맨발로 걸으니 피로가 급격히 몰려왔다. 다리도 아프고 목도 말랐다. 하지만 돈도 없고 물을 살 수도 없었다.

안 보이는 거, 이게 좋은 게 아니네. 나는 평생 이렇게 살아야 하는 걸까. 엄마한테는 뭐라고 말하지. 이런 생각을 하며 걷다가 저 앞에서 이나를 발견했다. 뒷모습만 봐도 알 수 있었다. 흑갈색 단발머리에 검은색 가방, 회색 운동화. 여기까지는 다른 애들과 비슷하지만 결정적으로 이나는 자세가 눈에 띄게 반듯

하고 곧았다.

이나는 누구에게나 상냥하고 세심하게 신경을 써 주는 배려심 많은 애였다. 짐은 이나의 사교성을 흠모했다. 게다가 직설적이지 않고 우회적인 단어와 문장을 쓰는 이나의 화법은 매우 우아했다. 짐은 그 말투를 외교적 화법이라고 이름 붙였다. 이나의 부모님은 분명 교수님이거나 외교관 뭐, 그런 직종에 종사하는 분일 거라고 마음대로 생각했다.

특히 이나는 눈인사를 잘했다. 반장이라서 그런 거겠지만 다른 애들은 그냥 지나치는 짐을 향해 항상 눈인사를 보냈다. 그때마다 짐은 마음이 쿵 내려앉으면서 달달해졌다.

그런 이나가 마라탕후루 가게로 들어갔다. 이번에도 주위를 쓱 둘러본 후 들어갔는데, 그 모습이 꽤 은밀해 보였다. 마라탕이나 탕후루 먹는 취향을 들키기 싫은 걸까. 위험한 맛이긴 하지만 불량 식품은 아닌데.

고개를 갸웃하는 짐의 귀 밑으로 시원한 바람이 한차례 불었다. 짐은 양손을 벌려 바람을 만끽했다. 생각이 바뀌었다. 벌거벗고 길거리를 활보하는 거, 이거 생각보다 괜찮은데? 짐은 눈을 감은 채 해방감을 느꼈다.

너무 아픈 사랑은 사랑이 아니라고 누가 그랬더라. 다음 날, 짐은 다시 마라탕후루 가게 앞에 서 있었다. 폭풍 설사가 멈추자마자 발걸음이 마라탕집으로 향했다. 혹시 이나를 또 만날 수 있을까, 설레는 마음으로 문을 열었는데 가게 안이 썰렁했다.

사장님은 짐을 한눈에 알아보고 미소를 지었다. 부담스러웠다. 손님이 없는 가게와 느끼한 사장님.

역시나 혀가 얼얼해지고 있을 무렵, 문이 열리고 이나가 들어왔다. 이나는 짐과 눈이 마주치자 내심 놀라는 눈치였다. 문을 닫고 나가야 하나 말아야 하나, 아는 척을 해야 하나 말아야 하나를 두고 그 짧은 시간 동안 고민하는 거 같았다. 잠시 후 그 고민은 사장님의 말 한마디로 종식됐다.

"딸 왔어?"

순간, 짐은 사레가 들렸다. 딸? 마라탕후루집 딸이었구나. 켁켁대는 짐을 이나가 잠시 노려보다가 밖으로 나가 버렸다.

"어디 가니?"

아빠의 말을 무시한 채 문을 쾅 닫고 나가는 이나를 보며 짐은 생각을 고쳤다. '마라탕후루집 말 안 듣는 딸'이었구나.

짐은 마라탕을 먹으면서 흘린 눈물과 콧물을 휴지로 닦아 낸 뒤 밖으로 나왔다. 사장님이 서비스로 준 탕후루를 한 손에 든 채였다. 오늘의 탕후루는 블루베리였다. 딸기나 귤보단 덜 부담스러웠다. 한 알을 빼서 먹었다. 혀뿌리를 치고 올라오는 달콤함에 진저리가 쳐졌다.

얼얼함과 달콤함 사이, 혀가 정신을 못 차리고 있을 때쯤 이

나를 발견했다. 횡단보도 앞 벤치였다. 이나는 깜박거리는 신호등을 무심하게 바라보고 있었다. 짐은 거리를 두고 벤치에 조심스럽게 앉았다. 이나가 짐을 흘끔 쳐다봤다.
"학교에서는 몰라, 우리 집이 마라탕후루 가게 하는 거."
"말 안 할게."
짐이 바로 대답하자 이나는 다시 한번 짐을 쳐다봤다.
"그 말을 내가 어떻게 믿지?"
이나의 말에 이번엔 짐이 그녀를 쳐다보았다.
"너도 그럼 말하지 마, 내 비밀."
"네 비밀이 뭔데?"
이나는 여전히 무심한 눈빛으로 짐을 보며 말했다. 딱히 궁금하지 않다는 표정이었다. 학교에서의 상냥한 눈빛과는 사뭇 달라서 좀 긴장이 됐다. 짐은 잠시 고민하다가 심각한 표정으로 이나에게 말했다.
"나, 실은."
뜸을 들이는 짐의 목구멍으로 침이 꼴깍 넘어갔다.
"투명 인간이야."
"알아."
"안다고?"
짐이 깜짝 놀라자 이나가 새삼스럽다는 듯 말을 받았다.
"애들이 다 너 못 본 척하잖아."

"그게 아니라 진짜 안 보인다니까."
"어, 진짜 안 보이네."
이나가 놀리듯 말했다. 짐은 주위를 한 바퀴 둘러본 후 이나에게 낮은 목소리로 은밀하게 대꾸했다.
"사실 나 능력자야. 나도 어제 알았어."
그제야 이나가 의심스러운 눈빛으로 짐을 바라보았다.

어제 집에 도착해서였다. 평상시처럼 집에는 아무도 없었다. 부모님은 세탁소에서 일하고 있을 시각이었다. 문을 열고 집 안으로 들어갔다. 방바닥에 발바닥 모양으로 흙가루가 찍히는 게 보였다. 투명 인간이 된 아들을 보면 엄마는 뭐라고 할까. 발자국을 보면서 짐은 고민에 잠겼지만 그 시간이 길지는 않았다. 아랫배에서 다시 신호가 왔기 때문이다.
 볼일을 다 보고 일어나는 순간, 짐은 외마디 비명을 질렀다.
"보인다!"
 도대체 어떻게 된 일인지 어리둥절했다. 이 능력은 어떻게 풀리는 거지? 방금 전의 상황을 복기해 보았다. 변기에 앉아서 똥을 싸고 일어난 것밖에 없는데. 설마 똥을 싸면 투명 인간의 마법이 풀리는 건가. 이건 너무 가혹하잖아.
 짐은 평정심을 찾기 위해 우선 샤워를 한 후 (걸레 쉰내가 코를 찔렀다.) 물 한 잔을 마시고 노트북 앞에 앉았다. 검색이 필요했다. 요즘 도시 괴담처럼 번지고 있는 능력자들의 이야기에 대해.

속설에 따르면 인류에게는 잠재된 초능력이 있다고 한다. 하지만 이 능력은 복불복으로, 있는 사람도 있지만 없는 사람도 있다. 그러니까 같은 붕어빵이라도 속에 단팥이 있는 것과 없는 것이 있다는 말이다.

하지만 내가 단팥이 있는 붕어빵인지 알아보기 위해서는 위험한 모험심이 필요하다. 그 능력은 사고처럼 급박한 순간에 발아하듯 튀어나온다고 했다. 죽음을 직면한 것처럼 절박한 순간이 오지 않는다면 자신이 능력자인지 아닌지 평생을 알 수 없다는 말이다. 어떤 사람은 자신이 지니고 있는 능력의 발아를 믿으며 한강에 뛰어들었다가 며칠 후 익사체로 떠올랐다고 한다.

사람들은 자신이 능력자인지 궁금해하면서도 그러한 순간을 겪고 싶지 않은 양가적인 마음 안에서 갈팡질팡했다. 그리고 능력자에 대한 동경과 멸시, 두 개의 이중적인 잣대를 들이댔다. 이런 상황이니 능력자라고 대놓고 나서는 사람은 없었지만 정황과 제보들은 빗발치고 있었다. 어쨌든 사람들은 이들을 신인류라 부르기 시작했다.

그렇다면 나도 신인류가 된 것일까. 짐은 신인류에 대해 왈가왈부 중인 한 게시판에 들어갔다. 얻을 만한 정보가 있을까 해서 기웃거리는데, 신기하게도 대부분의 글이 이렇게 시작했다.

'야, 이거 진짜 실화야?' ' 내가 그 현장 근처에 있었거든?' '우리 반 애가 진짜 봤다는데.' '이건 우리 사촌 형 이야긴데.' '내가 본 건 아니지만 우리 동네에서 진짜 유명한 이야기야.'

직접 봤다는 사람은 없고 다 어디서 들었다는 이야기의 확산이었다. 짐은 능력자를 실제로 봤다는 사람의 글을 찾아 클릭했다.

[실화] 소방관이 실제로 본 능력자 썰
익명 | 2026. 04. 06. 23:15 | 조회수 10,298 | 추천 209

    믿거나 말거나인데 아직도 나는 그날을 떠올리면 소름 돋는다. 몇 달 전에 서울 강진구 쪽 빌라에서 화재 났던 거 기억하는 사람 있어?

    뉴스에도 나왔는데 1명 사망, 7명 구조로 마무리되었던 사건.

    그때 내가 화재 현장에 있었거든. 소방관으로 입사한 지 한 달 만에 보는 큰 화재였어. 5층 다세대 주택이었는데 2층에서 불이 나서 사람들이 다 옥상으로 올라간 거야. 그런데 옥상 문이 밖에서 잠겨 있었어. 동네 불량 청소년들이 들어가서 담배 피운다고 집주인이 문에 자물쇠를 달아 놓았던 거지.

    하지만 소방관들이 도착했을 때는 이미 문짝이 날아간 상태였어. 옆 건물 사람들 증언에 따르면, 갑자기 쾅쾅 소리가 들리기 시작하더래. 쿵쿵이 아니라 뭔가 박살 내는 소리였대. 소리가 점점 커지더니 철문이 우그러지더라는 거야. 그리고 문짝이 떨어져 나갔대. 그런데 이상한 건 나중에 우리가 조사했을 때 근처에 문을 부술

> 만한 도구 같은 건 하나도 없었어.
> 그런데 함께 있었던 사람들 증언이 302호 남자가 손으로 문을 부쉈다는 거야. 그것도 한 손으로. 다른 한쪽 손에는 아이를 안고 있었대. 그 남자, 치료도 거부한 채 도망치듯 사라졌어. 인간이 맨손으로 철문을 어떻게 부술 수 있지? 난 아직도 그 남자 손이 쇠망치처럼 느껴져. 어쨌든 그 남자는 자신의 목숨과 함께 있던 6명의 목숨을 구했어.

댓글들은 대부분 진실 여부에 대한 다툼이거나 소름 끼친다는 반응이었는데, 다른 톤의 댓글 하나가 눈에 걸렸다.

> ↳ 익명 23
> 능력자들은 존재합니다.
> 정부는 지금 비공식적으로 사례를 수집 중입니다.
> 강진구 화재 사건의 능력자는 클래스 B타입-강체형으로 분류됩니다.

"다들 영화를 너무 많이 본 거 아냐?"
라고 말할 줄 알았던 이나는 의외로 담담하게 받아들였다.
"그랬구나."
그러고는 이렇게 덧붙였다.

"이제 그 힘으로 뭘 할 거야?"

힘? 이나의 질문에 짐은 말문이 막혔다. 능력자라고 부르긴 했지만 이 능력이 힘이라고 생각해 본 적은 없었다.

'힘이라…….'

제일 먼저 머릿속에 떠오른 것은 일진 놈들이었다. 하나씩 응징해 주고 싶었다. 하지만 고기도 먹어 본 놈이 먹고 욕도 해 본 놈이나 찰지게 하는 것처럼, 무력을 써 본 적이 없는 짐으로서는 놈들을 응징하는 자신을 상상하기가 힘들었다.

하지만 곧, 짐이 굳이 힘들여 무력을 쓸 필요가 없다는 사실이 밝혀졌다. 그 일을 누군가 대신해 주고 있었기 때문이다. 누군가가 누구냐고? 이를테면…… 귀신?

귀신 괴담이 다시 돌기 시작했다. 학기 초부터 가끔 이상한 일들이 일어났는데, 예를 들면 급식실의 스텐 컵이 마치 종이컵처럼 우그러져 있다든가, 젓가락이 스프링처럼 돌돌 말려 있다든가, 철봉이 브이 자 모양으로 휘어 있기도 했다. 잊을 만하면 이런 사소하지만 기이한 일들이 나타나서 전교생들의 입과 입으로 회자되며 무서운 이야기 시리즈를 양산했다.

"체육부의 졸업 못 한 학생들 짓이래. 자정이 되면 학교를 떠돌면서 체력 단련을 하는데 역도부였다지, 아마. 전국 체전 결승까지 갔는데, 버스 타고 학교로 돌아오던 중에 교통사고로 전

원이 사망했다는 거야. 졸업식이 며칠 후였는데. 결국 졸업장을 못 받았지. 그 일 때문에 역도부가 없어졌대."

"그 선배들, 아직도 자기 졸업식을 기다린대."

"졸업식 사진에 매년 같은 얼굴이 있다며?"

"자정이 되면 운동장 철봉대가 저절로 돌아간대."

"지금도 기록 갱신하려고 밤마다 나와서 뛴다는데?"

"철봉 브이 자로 휘어진 것도 그 귀신들 짓이래. 분하다고."

"급식실? 그건…… 급식이 맛없다고 항의하는 거 아닐까?"

선생님들은 기물 파손에 더해 흉흉한 학습 분위기 때문에 골머리를 앓았다. 그러더니 이젠 귀신이 본격적으로 타깃을 정한 듯한 일이 벌어졌다. 일진 멤버 중 하나인 욕쟁이였다.

욕쟁이는 아침에 등교하자마자 가방을 책상에 던지듯 내려놓고 의자에 앉다가 뒤로 벌러덩 넘어져 머리를 바닥에 심하게 박았다.

"아! 씨발, 뭐야!"

쿵 소리와 함께 들려온 욕설에 아이들의 시선이 욕쟁이에게 쏠렸다. 뒤통수를 만지며 일어난 녀석이 철제 의자를 들어 올리자 한쪽 다리가 안쪽으로 꺾여 있는 게 보였다.

"어떤 새끼야!"

화가 난 욕쟁이는 반 아이들을 둘러보며 소리쳤다. 아이들 모두 황급히 시선을 피하며 딴청을 피웠다. 제풀에 열이 받은 녀석이 의자를 들어서 바닥에 내던지려는 찰나, 담임 선생님이 들어왔다. 욕쟁이는 기물 파손에 폭력 행사로 징계를 받았다.

이상한 일은 거기서 그치지 않았다. 이번에는 행동 대장으로 불리는 일진의 매점 셔틀 차례였다. 호랑이 없는 굴에 여우가 왕 노릇한다고, 일진이 없으면 제가 마치 일진이라도 되는 양 더 야멸차게 군림하려 드는 야비한 녀석이었다. 놈은 책상 서랍에서 필통을 꺼내다가 소리를 질렀다.

"이거 누가 그랬어!"

그 소리에 아이들의 시선이 한 군데로 쏠렸다. 모두 두 가지 지점에서 놀랐는데 하나는 '쟤도 필통이라는 게 있구나.'였고, 또 하나는 그 철제 필통이 우그러져 있었다는 것이었다. 우그러지다 못해 납작하게 비틀어져 있어서 절대 열릴 것 같지 않았다. 이종격투기 선수 최홍만이라도 다녀간 것일까. 누가 저렇게 한 거지?

화가 난 매점 셔틀은 자신의 사물함에 갔다가 다시 한번 충격을 받았는데, 사물함의 문도 우그러져 있었기 때문이다. 사물함에는 주먹 자국이 선연했다. 그 자국을 보고 최홍만은 아니라는 걸 알았다. 주먹 자국이 최홍만은커녕 일반 성인 남성이라고 하기에도 너무 작았다.

어제까지 멀쩡했던 교실 문이 열릴 때마다 끼이익 기분 나쁜

소리를 냈다. 마치 젓가락으로 쇠 밥그릇을 긁는 것 같은 소름 끼치는 소리였다. 게다가 앞문이라 선생님들이 들어오고 나갈 때마다 시선이 집중되었다.

짐이 다가가 자세히 보니 철문이 대각선으로 비틀려 있었다. 비틀린 문이 레일과 부딪쳐서 마찰음이 나는 거였다. 소리가 날 때마다 아이들은 인상을 쓰며 귀를 막았고, 여자애들은 작게 비명을 질러 댔다.

담임 선생님은 누가 이런 거냐며 신경질적으로 아이들을 잡도리했지만 이건 단순한 장난이 아니라는 걸 스스로도 알고 있을 거였다.

물리적으로 거대한 힘이 필요한 일이었다. 그게 아니면 초자연적인 힘이거나. 하지만 과학 담당인 담임 선생님은 말 그대로 과학적인 사고를 하는 사람이었기에 큰 고민 없이 수위실에 신고를 하는 것으로 사건을 마무리 지었다.

심플하게 일단락 지은 담임 선생님과는 달리 짐은 마음이 복잡했다. 자신이 일진 패거리의 타깃이 되었다는 것을 직감했기 때문이다.

녀석들은 체육관 화장실에서 짐이 자신들을 놀렸다고 생각한 것처럼, 불미스러운 일련의 사건들 역시 짐의 짓이라고 여긴 듯했다. 귀신의 짓이라고 하기엔 본인들도 찜찜하니까. 짐은 녀석들이 자신을 과대평가한 것에 헛웃음이 나왔다. 하지만 억울

하면서도 궁금했다. 누가 한 짓일까. 정말 애들이 말하는 학교 귀신의 짓일까. 아니면 또 다른 능력자? 짐은 댓글에서 보았던 강체형 능력자라는 말이 잊히지 않았다.

"반장!"

끼이익 문 열리는 소리에 인상을 쓰고 들어온 수학 선생님은 책도 펴지 않고 반장에게 몇 페이지까지 진도를 나갔냐고 물었다. 이나는 허리를 꼿꼿하게 펴고 대답했다. 짐은 이미 수포자의 길에 입문한 지 오래였다. 반면, 이나는 수학을 잘했다. 반듯한 이나의 뒷모습을 흐뭇하게 보고 있는데, 구겨진 노란색 종이가 날아와 이나의 뒤통수를 쳤다. 이나는 종이를 펴서 읽고는 다시 구겨서 바닥에 버렸다.

무슨 내용이었을까. 짐은 이나가 조용하게 동요하고 있음을 느꼈다.

체육 시간, 짐은 애들이 모두 나간 후 투명 인간으로 변신했다. 몇 번의 시행착오 끝에 자유자재로 변신할 수 있다는 사실을 알게 된 후 자신만만하게 나체가 되었다.

비비디 바비디 부라든가, 아브라 카다브라, 케세라세라 같은 주문을 외워야 하는 건 아니었다. 다만, 간절한 바람이 필요했다. 처음 투명 인간이 되었을 때의 그 마음 같은. 투명해진 짐은 이나의 의자 밑에서 노란 종이를 주워 들었다. 구겨진 종이를 펼쳐서 읽고는 흠칫 놀랐다.

반장, 마라탕 사 주세요.
반장, 탕후루 사 주세요.
그럼 내가 반장 맘에
탕탕 후루후루 ㅋㅋㅋ

어, 어떻게 알았지? 이런 장난이 돌 정도면 반 애들이 다 알고 있다고 봐야 한다. 나 말고 아는 애가 또 있었다고? 혹시, 이나가 나를 의심하는 건 아닐까. 짐의 등으로 한 줄기 땀이 흘러내렸다. 짐은 종이를 구겨서 쓰레기통에 골인시킨 후 복도로 나왔다. 일진 패거리와 이나의 오해를 한 몸에 받고 있는 것 같아 마음이 심란했다.

수업 시간이라 복도는 한산했다. 체육 선생님은 짐이 사라진 걸 모를 것이다. 이렇게 물리적으로 덩치가 큰데, 존재감은 어쩜 이다지도 빈약한 걸까. 스스로 생각해도 어이가 없었다. 차가운 인조 대리석 바닥을 천천히 걸으며 수업 중인 다른 반들을 창문으로 엿보았다.

모두 저렇게 똑같은 모습으로 똑같은 수업을 똑같은 시간에 듣고 있구나. 교복까지 똑같이 입고 있어서 복제 인간들처럼 보였다.

짐은 묘한 기분이 들었다. 국어, 과학, 영어, 수학 수업을 하고 있는 교실들을 지나 복도의 끝에 다다랐을 때, 깜짝 놀라 소리를 지를 뻔했다.

계단 난간에 일진이 비스듬히 앉아서 핸드폰을 보고 있었기 때문이다. 역시 일진도 체육 수업을 제쳤다. 짐은 뭐가 그렇게 재밌는지 낄낄대고 있는 일진 놈을 잠시 바라보았다. 긴장이 되었지만 일진이 뭘 보고 있는지 궁금했다. 소리를 죽여 가까이 다가갔다.

놈은 인스타그램에 접속 중이었다. 사진을 올리는 것 같았는데 자세히 보니 이나였다. 이나와 마라탕 사진을 나란히 놓고 큭큭대며 글을 쓰고 있었다.

'망해 가는 마라탕집 딸, 탕이나'

아, 이건 아니잖아. 짐은 슬슬 화가 났다. 이놈을 어떻게 골려 줘야 할지 한 발자국 떨어져서 고민했다. 난간에 아슬아슬하게 앉아 있는 놈을 확 밀어 버리고 싶었지만 여긴 3층이었다. 짐은 그 누구에게도 상해를 입힌 적이 없었다. 그래, 그건 아니지. 남을 괴롭히는 일진이라 할지라도.

그런데 갑자기 난간이 흔들리기 시작했다. 난간의 기둥 하나가 비스듬히 비틀어지더니 그 영향을 받아 손잡이가 엿가락처럼 휘어졌다.

순식간에 벌어진 일이었다. 당사자인 일진 못지않게 짐도 당황했다. 이건 정말 귀신의 짓? 보면서도 믿기지 않았다. 철제 기둥이 혼자 구부러지다니.

"어, 어!"

무게 중심을 잃은 일진의 몸이 계단의 중앙 홀로 기울어져 바닥으로 떨어지기 일보 직전이었다. 여기는 3층. 1층 또한 인조 대리석 바닥이었다.

짐의 이성보다 몸이 먼저 나갔다. 다급하게 일진의 손목을 붙잡은 것이다. 짐은 일진을 안으로 끌어당겼다. 일진이 바닥으로 넘어지면서, 손에 들고 있던 핸드폰이 1층으로 떨어졌다.

그때 4층에서 인기척이 느껴졌다. 4층은 옥상으로 연결이 되는 끝 층이라 항상 어두웠다. 지금 4층 난간 저 끝 어둠 속에 누군가 있었다. 짐은 쓰러져 있는 일진을 뛰어넘어 4층으로 달려갔다.

4층에는 아무도 없었다. 짐은 옥상의 출입문을 열었다. 원래는 잠겨 있는 곳인데 손잡이가 부러져서 저절로 열렸다. 문이 열리자 사방으로 탁 트인 맑은 하늘이 보였다. 구름 없이 파란 하늘은 청명했다.

그 아래로 누군가 난간을 잡고 서 있었다. 체육복을 입고 있었고, 단발머리에 체구가 작았다. 짐은 조용히 다가가다가 그 애의 옆모습을 보고 깜짝 놀랐다.

"배이나?"

이나도 깜짝 놀라기는 마찬가지였다. 말소리가 들렸지만 주위에 아무도 안 보였기 때문이다.

"나야, 나."

"짐?"

"어."

"너, 정말 투명 인간이야?"

이나가 짐의 목소리가 나는 방향을 향해 물었다.

"그렇다니까."

"세상에."

이나는 고개를 설레설레 저었다. 짐이 이나에게 물었다.

"방금 계단 난간 구부러트린 거 너야?"

이나는 말이 없었지만 아니라고 부인하지도 않았다.

"이나, 정말 너야? 그게 다 귀신이 아니고 너였단 말이야?"

깜짝 놀란 짐의 표정이 보일 리 없겠지만 이나가 짐을 향해 되물었다.

"21세기에 웬 귀신?"

짐이 황당하다는 듯 이나를 쳐다보았다.

"너도 능력자였어?"

이나 또한 어이없다는 듯 말을 늘어놓았다.

"그런 셈이지. 체육부 귀신들? 애들이 아주 소설을 쓰더라."

이나는 평소와 다르게 냉소적인 말투였다. 그러다 잠시 후 이렇게 덧붙였다.

"하긴 진실은 아무도 알려고 안 하지. 알 수도 없지만."

짐은 믿을 수가 없었다. 저렇게 여리여리한 애가 철봉과 젓가락을 구부러트리고 계단 난간까지 부수는 능력자라니.

"그, 그럼 너는 강체형인 거야?"

"사람들이 그렇게 분류하더라."

짐은 난간을 꼭 쥐고 있는 이나의 손을 바라보았다. 저 손으로 사물함을 부수고 철문을 비틀어 놓다니. 그리고 하마터면 일진을 죽일 뻔했다. 이나는 어쩌다 능력을 갖게 된 걸까.

"마라탕후루집 딸이라는 걸 소문 낸 것 때문에 걔들한테 복수한 거야?"

이 말에 이나는 짐의 방향을 잠시 노려보다가 시선을 돌렸다. 짐은 이나가 다른 사람 같다고 느꼈다. 짐이 아는 외교적 화법의 다정한 이나가 아니었다.

"우리 아빠는 여린 사람이야. 실패와 민폐를 못 견디는 사람이라고."

잠시 사이를 두고 이나가 말을 이었다.

"난 아빠가 마라탕후루 가게를 해서 부끄러운 게 아니야. 다시 실패할까 봐, 그래서 주위에 민폐를 끼쳤다고 생각할까 봐, 그걸로 다시 옥상에 올라갈까 봐 두려운 거야."

실패? 옥상? 짐의 얼굴에 곤혹스러운 감정이 깃들었다. 운동장에서 아이들이 소리를 지르며 웃는 소리가 간간이 들려왔다.

이나는 난간을 손에 짚고 맞은편을 바라보았다. 학교 앞 낮은 건물들을 보는 건지, 아니면 날아가는 비둘기를 보는 건지는 알 수 없었지만 정면을 응시하고 있었다.

"우리 집이 이 년 전에는 어떤 가게를 하고 있었는지 알아?"

이나는 잠시 뜸을 들였다가 말했다.

"대만 카스테라 가게였어. 그때도 아빠는 호언장담했지. 다른 사람들처럼 벌떡 일어나겠다고."

하지만 가게는 채 반년을 버티지 못했다. 유행의 끝물이었다. 엄청난 인기는 아주 잠시뿐이었고, 열풍이 사라진 자리에는 파리만 날렸다. 한 달 두 달 월세가 밀리기 시작했다. 밀린 월세를 보증금으로 차감한 후 계약 기간도 채우지 못한 채 빚만 지고 나왔다.

이나 아버지는 근면한 사람이었지만 사업에는 맞지 않는 사람이었다. 또 그걸 혼자만 모르는 사람이기도 했다.

"예전에 우리 집이 13층이었거든. 14층이 옥상이었어. 아빠는 담배 피우러 1층까지 가기 싫으면 종종 옥상으로 가셨지. 그런데 그날은 아빠가 옥상에서 내려오시지 않는 거야."

이상한 기분에 휩싸여 이나는 옥상에 올랐다. 옥상 문을 열자마자 보았다. 옥상 난간에 서 있는 아빠를.

숨이 멎을 것처럼 놀랐지만 이나는 아주 조심스럽게 아빠에게 다가갔다. 조금이라도 소리를 내면 아빠가 떨어지기라도 할까 봐.

"아빠를 잡을 수 있다고 생각한 순간, 바람이 불었어."

휘청. 아빠가 무게 중심을 잃으면서 몸이 앞으로 기울어졌다. 그건 의지와 상관없는 일이었다. 그 순간, 이나는 가까스로 아빠 손을 꽉 잡았다. 본능적으로 아빠도 이나의 손을 잡았다. 자칫하면 같이 죽을 수도 있는 일이었다. 아빠는 당황했다. 딸의 가냘픈 손에 매달려 있다는 사실에, 잠시 후면 자신이 죽을지도 모른다는 생각에.

"아빠 무게 때문에 몸이 점점 아래로 쏠렸어. 손이 미끄러웠고 당장이라도 놓칠 거 같았지. 나는 두 손으로 아빠 손을 잡고 있었는데 팔이 빠질 것만 같더라."

그대로 같이 추락할 것 같았다. 이나는 두려웠다. 아빠는 먼저 손을 놓아 버렸다. 이나의 손을 잡고 있는 손에 힘을 뺀 것이었다. 이나에게도 손을 놓으라고 말했다.

"이러다 둘 다 죽는다고. 제발 아빠 손을 놓으라고."

이나의 목소리가 떨렸다.

하지만 그때 이나는 그럴 수 없었다. 두 손으로 아빠를 꼭 잡은 채 눈을 감았다. 바람이 불어 뺨에 흐르는 눈물이 차갑게 식어 갔다.

"속으로 빌었어. 아빠를 놓치지 않게 해 달라고. 힘이 세지게 해 달라고. 아빠를 번쩍 들어 올릴 수 있을 정도로 강한 힘을 달라고."

세상이 진공 상태처럼 조용해졌고, 이나의 간절한 바람만이 들려왔다.

강한 힘을 주세요, 제발.

순간, 팔이 가벼워졌다. 척추에 힘이 들어가며 곧게 펴지는 게 느껴졌다. 이나는 아빠를 번쩍 들어 올려 바닥에 내려놓았다. 놀란 가슴과 어리둥절한 눈빛으로 서로를 바라보던 부녀는 이내 부둥켜안았다. 그리고 눈물이 터져 나왔다.

"이게 내 이야기야."

짐은 이나의 손에서 시선을 멈췄다. 자기 아빠를 끌어올린 손, 철제 난간을 휘어 버린 손, 사물함에 주먹 자국을 낸 손. 그 손은 아주 작았다.

내가 그런 것처럼 이나도 그랬구나. 그들은 누군가에게 구원을 받은 게 아니라 자기 손으로 자신을 건져 낸 사람들이었다.

"난 내가 살아남았다고 생각해."

이나가 아래를 내려다보며 말했다. 아파트, 상가 건물, 자동차, 그리고 그 사이를 걷고 있는 사람들이 보였다. 얼마나 많은 사람들이 자신을 숨기고 살고 있을까. 얼마나 많은 구원들이 스스로를 일으키고 있을까.

짐과 이나는 말없이 세상을 바라보았다.
"그런데 너, 혹시 지금 다 벗고 있는 거야?"
이나가 침묵을 깨고 물었다.
"……어."
짐은 당황해서 작은 목소리로 대답했다.
"다 불완전한 거구나. 실은 나도 힘 조절이 안 돼."
이나는 아까도 겁을 좀 주려던 것뿐이었는데 힘 조절이 안 됐다고 했다.
"도와줘서 고마워."
이나가 허공을 향해 설핏 미소를 지었다. 짐은 그 미소가 좀 서글퍼 보인다고 생각했다.

마라탕후루 가게 앞에서 문득 생각났다는 듯 이나가 물었다.
"투명 인간에서 그냥 인간으로는 어떻게 돌아와?"
짐은 잠시 생각하다 입을 열었다.
"부끄러움을 느꼈을 때, 내가 나를 인지했을 때 풀려."
"어떻게?"
"방귀를 뀌면 돼."
"윽, 정말?"
"응."
짐은 조금 부끄러웠지만 사실이었기에 고개를 끄덕였다.

"그런데 그게 마음대로 돼?"

"난 내가 뀌고 싶을 때 뀔 수 있어."

짐의 대답에 이나의 눈이 커졌다.

"야, 그것도 능력이라면 능력이다."

이나가 놀라워하며 짐의 팔뚝을 찰싹 때렸다. 이나가 손을 올리자 짐이 움찔했다. 이나는 그런 짐을 보며 웃음을 터트렸다. 짐과 이나가 가게에 들어서자 테이블을 열심히 닦고 있던 이나 아빠가 미소를 짓더니 주방으로 쓱 들어갔다. 그리고 잠시 후 김이 모락모락 나는 마라탕 두 그릇과 갓 튀긴 꿔바로우 한 접시가 나왔다.

"많이들 먹어라."

짐은 뜨거운 꿔바로우를 한 입 베어 물다가 사레에 걸렸다. 강렬한 신맛이 목젖을 강타했다. 눈물과 콧물이 났다. 이나가 짐에게 휴지를 건네며 말했다.

"마라탕은 무슨 맛일까? 짠 것도 아니고 매운 것도 아니고. 이도 저도 아닌 이런 맛을 뭐라고 해?"

이나의 입가에 붉은 국물이 묻어서 좀 귀여워 보였다. 짐은 이나를 보며 우린 무슨 사이일까 생각했다. 우정이라기엔 서운하고 사랑이라기엔 간지럽다. 그 중간 어딘가에 있지만 뭐라고 정의할 수 없는 감정. 이런 감정을 뭐라고 할까.

"얼얼한 맛."

"얼얼한 맛?"

이나가 고개를 갸우뚱 기울였다. 짐은 말했다.

"불에 덴 것처럼 뜨겁고 마취당한 것처럼 꼼짝도 못 하겠고 내가 왜 이러지 싶게 매일 생각나는, 그런 맛."

나한테 너는 그런 사람이야. 마지막 말은 삼켰다. 멍하니 듣고 있던 이나가 입을 열었다.

"그건 산초 맛이잖아."

두 사람의 눈빛이 허공에서 부딪쳤다. 잠시 서로를 쳐다보다가 풋, 하고 짐이 웃자 이나도 따라 웃었다.

그래, 얼얼한 관계. 짐은 그렇게 정의 내리기로 했다. 우린 그냥 얼얼한 사이라고.

"짐, 다음엔 우리 그냥 만두 먹으러 가자. 나도 자극적인 거 싫어해."

이나는 아빠의 눈치를 보며 소리를 죽여 말했다. 가게를 나서는 두 사람에게 이나 아빠는 탕후루를 하나씩 쥐어 주었다.

오늘의 탕후루는 싱그러운 연둣빛이 감도는 샤인머스캣이었다. 구름 한 점 없는 청명한 여름 하늘과 잘 어울리는 색이었다. 짐은 포도 한 알을 입안에 넣고 씹었다. 상큼한 과육과 함께 쩐득한 설탕 캐러멜의 맛이 입안 가득 퍼졌다.

짐은 눈을 감고 음미했다. 그리고 생각했다. 지금 이 순간만큼은 세상에 오롯이 존재하고 싶다고.

작가의 말

  저는 자폐 스펙트럼이 있어 감정 표현이 서투릅니다. 이런 성격이 오해를 받아 중학생 시절에는 따돌림을 겪기도 했습니다. 하지만 이런 아이도 어떻게든 커서 저처럼 어른이 됩니다. 그런 제가, 어떻게 서투르지만 어른이 되었는가에 대한 이야기를 노래방이란 공간을 통해 풀어 보았습니다.
  〈스탠 바이 미〉의 아이디어는 SNS에서 얻었습니다. 코로나 팬데믹 시절, 일본에서는 노래방 영업이 잘되지 않자 노래방을 아이들을 위한 독서실처럼 운영했다고 합니다. 밀폐된 공간은 1인 공부방으로 제격이었던 거죠.
  코로나가 끝난 후에도 이러한 분위기는 이어졌답니다. 아이들이 노래방에서 단체로 공부를 하는 습관이 생겼다네요. 공부를 하다가 스트레스를 받으면 노래를 부르고, 그러고 나서 기분이 좋아지면 다시 공부를 하고.
  참 건전한 노래방 이용법이구나 싶었습니다. 더불어, 노래방에서 이런 식으로 친구들끼리 어울린다면 저처럼 말주변이 없는 아이라도 따돌림당하는 일이 없어지겠구나, 하고요.
  그래서 소심하게 바라봅니다. 이 순간, 힘든 상황에 있는 아이들이 이 책을 손에 들고 노래방을 찾기를, 그곳에서 서로 친구가 되어 나오길 말이에요.

스탠 바이 미

조영주

윤혜는 교실 뒷문을 열고 아는 얼굴이 있는지 빠르게 훑었다. 푸른중학교 1학년 2반에는 여덟 명이 등교해 있었다. 그중 윤혜가 아는 얼굴은 아무도 없었다. 그래도 긴장을 놓지 않았다. 누가 갑자기 다가와서 "너, 백하초 졸업한 민윤혜 아냐?"라고 물어볼지 모르니까.

"어, 너!"

그때 누군가 윤혜의 어깨에 손을 올렸다. 동그란 안경에 단발머리, 헤어 롤을 앞머리에 만 여자아이였다. 이름표에는 이연아라고 쓰여 있었다. 이연아……. 사실 낯설었다. 하지만 윤혜는 백하초등학교에서 워낙 유명인이었으니 같은 학교 출신일 가능성은 충분했다.

"아, 안녕?"

웃는 얼굴에 침 못 뱉는다고 했던가. 윤혜는 그 말을 생각하며 어색하게 웃어 보였다. 그러자 연아는 얼굴을 가까이 들이대며 고개를 갸웃거렸다.

"흐음, 분명 닮았는데."

윤혜는 연아의 말뜻을 알 것 같았다. '분명 닮았는데' 앞에 생략된 말이 있으리라. 전교 뚱땡이라든지, 돼지라든지.

윤혜는 초등학교 6학년 때 벌써 키가 167센티미터에 몸무게가 82킬로그램이었다. 그래서인지 별명이 많았다. 안여돼, 뚱땡이, 괴물, 오크, 돼지……. 안경을 쓴 눈이 살에 파묻혔다고 돼지 단추라고 놀림받기도 했다.

그런 상황에서 벗어나고 싶어 초등학교 6학년 겨울 방학 때 다이어트 캠프에 들어갔다. 졸업식도 안 가고 이를 악문 채 살을 빼 53킬로그램으로 만들었다.

혹시라도 누가 알아볼까 봐 머리카락도 숏컷으로 싹둑 잘랐다. 거기에 렌즈까지 끼자 예전 느낌은 모두 사라진 듯했는데……. 아니었던 모양이다. 지금 이렇게 어깨를 툭 치며 닮았다는 말을 하는 아이가 있는 걸 보니.

윤혜는 다시 초등학생 때의 놀림이 시작되리라는 예감에 연아를 바라보며 씁쓸하게 체념의 미소를 지어 보였다. 그 순간 연아가 "어엇!" 하더니 말을 이었다.

"그 웃음! 맨드라미! 너, 맨드라미 닮았구나!"

'맨드라미라니, 이게 무슨 소리지?'

윤혜는 잠깐 생각에 잠겼다가 조심스레 되물었다.

"여름에 피는 꽃 말하는 거야?"

"혹시 개그 욕심 있어?"

연아는 이렇게 말하며 까르륵 웃음을 터뜨렸다.

"트윙클스타 몰라? 트윙클스타의 맨드라미!"

트윙클스타는 삼 년 전에 데뷔한 6인조 여성 아이돌이다. 이 중 맨드라미는 숏컷이 잘 어울리는 중성적인 이미지의 멤버였다. 아이돌을 닮았다는 말을 듣다니. 윤혜는 연아가 착각을 한 것이겠거니, 생각했다. 중학교에 입학해 새 친구를 사귀려고 일부러 친한 척하는 게 분명했다.

그런데 다른 아이들도 윤혜를 볼 때마다 같은 말을 했다.

"너, 맨드라미 닮았다는 말 안 들어?"

얼마 지나지 않아, 윤혜는 2반은 물론 1학년 아이들 모두에게 맨드라미를 닮은 아이로 알려졌다. 그렇게 해서 윤혜에게 '민드라미'라는 별명이 생겼다. 맨드라미의 '맨'을 윤혜의 성 '민'으로 바꾼 것이다.

아이들은 당연하다는 듯 윤혜에게 묻곤 했다.

"민드라미 노래 잘해? 춤은 좀 춰?"

"우리, 다 같이 코노 갈래?"

초등학생 시절, 윤혜는 남들 앞에 나서는 걸 몹시 두려워했다. 그래서 노래를 부르거나 춤을 추는 일이 거의 없었다. 그렇다고 아이들에게 노래도 춤도 못한다고 말할 수는 없었다. 난감한 마음에 어색하게 웃었더니, 아이들은 윤혜의 표정을 자기들 마음대로 해석했다.

"와, 노래 잘하는구나! 춤 좀 추나 본데!"

그러더니 자기네끼리 사흘 후인 금요일 방과 후에 코인 노래방에 함께 가자고 약속을 정했다. 윤혜는 대답을 안 했지만 무조건 참석해야 하는 분위기였다.

'노래를 못하거나 춤을 못 추면 따돌림당하는 거 아닐까.'

윤혜는 마음이 급해졌다. 집에 가자마자 바로 트윙클스타의 〈난 괜찮아〉 영상을 보며 노래를 연습했다. 트윙클스타는 1990년대에 히트곡이었던 진주의 〈난 괜찮아〉를 리메이크해서 큰 인기를 끌었다.

영상을 열 번 넘게 봤더니 가사가 모두 외워졌다. 그러고 나서 춤 연습을 하기 시작했다. 방에 서서 〈난 괜찮아〉의 안무를 조금씩 따라 했다. 그런데 역시 방 안에서는 무리였다. 동작이 전체적으로 커서 조금만 움직여도 벽에 부딪혔다.

'노래방에 가서 해 볼까?'

윤혜는 핸드폰으로 검색을 해서 근처에서 가장 저렴한 코인 노래방을 찾았다. 얼마 전에 새로 생긴 건물 6층에 하마 코인 노래방이 있었다. 시설이 꽤 좋은 데다, 결제 방법을 시간으로 고른 뒤 삼십 분 이상 이용하면 서비스를 잘 준다는 평이었다.

내친 김에 바로 하마 코인 노래방으로 향했다. 윤혜가 문을 열고 들어가자 카운터에 앉아 있던 대학생 정도로 보이는 언니가 물었다.

"혼자 왔어요?"

윤혜는 고개를 살짝 끄덕이며 "저, 삼십 분만 하려고요." 하고 대답했다. 그러자 언니가 말했다.

"6번 방으로 가요."

윤혜는 고개를 꾸벅 숙인 후 쭈뼛거리며 6번 방으로 향했다.

낮이라 코인 노래방에는 손님이 별로 없었다. 두 개 정도 방에서만 목소리가 새어 나올 뿐이었다. 6번 방엔 커다란 모니터에 마이크가 두 개 있었다. 춤을 추기에는 좀 좁아 보였.

하지만 노래 연습을 하기에는 충분했다. 처음에는 멋쩍어서 우물쭈물했지만, 두 번 연달아 〈난 괜찮아〉를 부르자 자신감이 조금 붙었다. 윤혜는 용기를 내서 마이크를 잡고 노래를 부르며 안무를 곁들였다.

삼십 분 내내 〈난 괜찮아〉만 부르고 나자 스스로가 좀 멋있어진 것 같은 기분이 들었다.

'아직 절정이 약한데.'

윤혜는 추가 결제를 하기로 마음먹었다. 딱 삼십 분만 더 부르면 친구들 앞에서 창피를 당하지 않을 것 같았다.

"아, 참! 서비스 준댔지!"

윤혜는 인터넷으로 본 리뷰를 떠올렸다. 서비스를 기다려 보았지만 한참이 지나도 추가 시간은 주어지지 않았다.
'삼십 분은 너무 적어서 안 주나.'
윤혜는 더 결제하기로 마음먹고 방을 나섰다. 현금밖에 없어서 직접 카운터에 가야 했다. 복도를 걷는데, 어디선가 낯익은 랩이 들렸다.

너를 처음 봤을 때 내 가슴속 별이 반짝였어.

누군가 트윙클스타의 〈난 괜찮아〉를 부르고 있었다. 아니, 단순하게 부르는 수준을 넘어서 트윙클스타 그 자체라고 해도 부족함이 없었다.
윤혜는 깜짝 놀라 주변을 두리번거리며 노랫소리가 흘러나오는 방을 찾았다. 18번 방에서 노래가 흘러나오고 있었다. 18번 방은 윤혜의 방과 달리 꽤 넓었다. 방 안에는 힙합 스타일의 옷을 차려입은 여자애가 혼자 있었다. 그 아이는 화면을 보지 않은 채 노래와 안무를 능숙하게 소화했다. 윤혜가 방 안을 훔쳐보는 사이, 랩 파트가 절정으로 치달았다.

내 곁에 있어 줘. 언제나 내 곁에. 난 괜찮아!

18번 방 아이는 마이크를 잡고 엔딩 포즈까지 완벽하게 취했다. 윤혜는 자기도 모르게 박수를 치다가 멈추고는 쓴웃음을 지었다.

'민드라미는 무슨. 맨드라미는 저런 애를 가리키는 말이야. 나는 진짜가 아냐.'

윤혜는 중학교에 들어온 후 안간힘을 쓰고 있었다. 어떻게든 다른 아이들과 어울리려고……. 민드라미라는 별명에 어울리는 아이가 되고 싶었다.

시간을 추가하려던 걸 그만두었다. 역시 자신은 가짜라는 생각이 들었다. 아무리 노력해도 저 아이처럼 부를 수는 없을 터였다. 윤혜는 도로 6번 방으로 들어가 짐을 챙겨 나왔다.

"또 와요."

카운터를 지나칠 때 언니가 말했지만 윤혜는 대답하지 않았다. 다시는 이곳에 오고 싶지 않았다.

리라는 〈난 괜찮아〉를 목놓아 부른 후 마이크를 내려놓았다. 잠시 눈을 감고 주변의 공기를 느꼈다. 누군가 자신을 향해 환호하는 것 같은 기분이 들었다.

그럴 리 없었다. 여긴 코인 노래방일 뿐이잖아.

리라는 자리에 털썩 소리나게 앉았다. 노래가 끊겨 적막한 화면을 멍하니 바라보며 생각에 빠졌다.

'나는 왜 여기에 있을까. 어디에도 가지 못한 채…….'

진심으로 알고 싶었다. 왜 학교에도, 학원에도 가지 못한 채 늘 이 노래방으로 오고 마는지……. 누군가 그 이야기를 알려 준다면 영혼이라도 팔 수 있을 것 같았다.

하지만 그 어디서도 대답은 들려오지 않았다.

리라는 다시 자리에서 일어나 다음 곡을 골랐다. 마이크를 잡고 갖은 힘을 다해 노래를 부르고 춤을 추었다.

그 순간만큼은, 아무 생각도 하지 않을 수 있기에.

윤혜는 사흘 만에 다시 하마 코인 노래방을 찾았다. 연아는 유독 이곳을 고집했다. 서비스를 많이 주기 때문이랬다. 아마 윤혜와 마찬가지로 인터넷을 검색해서 찾아냈으리라. 윤혜는 노래방에 들어가기가 찝찝했다. 18번 방 아이와 마주칠까 봐, 그 아이의 뛰어난 가창력과 춤 실력을 본 아이들이 윤혜를 가짜라고 생각할까 봐 두려웠다.

오늘도 노래방 카운터에는 지난번의 그 언니가 있었다. 언니는 윤혜를 알은체하지 않았지만, 윤혜는 괜스레 카운터 언니가 자신의 노래며 춤 실력을 비웃을 것 같다는 생각에 사로잡혔다. 그런 생각은 카운터 언니가 골라 준 방의 숫자를 듣고서 더욱더 커졌다.

"18번 방으로 가요."

18번 방. 하필 카운터 언니는 그 아이가 있었던 방으로 가라고 했다.

'역시 날 비웃는 걸까.'

윤혜는 몹시 불안해졌다. 18번 방으로 가는 동안, 자기도 모르게 자꾸만 주변을 두리번거렸다. 어디선가 그 아이가 나타날 것만 같았다. 네깟 게 무슨 민드라미냐고 빈정댈 것만 같았다.

그런 일은 일어나지 않았다. 윤혜는 아이들과 함께 18번 방으로 들어갔다. 그러고는 아이들과 함께 트윙클스타의 〈난 괜찮아〉를 비롯하여 갖가지 유행곡을 불렀다.

윤혜는 살짝 긴장한 표정으로 아이들과 함께 노래를 부르며 춤을 추었다. 연아는 그런 윤혜에게 "역시 민드라미!"라며 칭찬을 반복했다.

두 시간 후, 윤혜와 아이들은 18번 방을 나섰다. 윤혜는 아무도 자신을 비웃지 않는다는 사실에 깊이 안도했다.

얼마 안 가 앞장서 가던 연아가 "푸핫!" 하고 웃음을 터뜨렸다.

"저게 뭐야? 웃긴다, 진짜."

윤혜는 가슴이 벌렁거렸다.

'날 비웃는 게 분명해.'

윤혜는 갑작스런 연아의 웃음소리에 가슴이 쿵, 내려앉는 것 같았다. 아이들 뒤에서 얼굴이 굳은 채 공포에 질렸다.

"민드라미, 쟤 좀 봐. 완전 웃기지 않아?"

연아가 윤혜를 손짓해 부르더니, 6번 방의 작은 유리창을 들여다보며 말했다.

윤혜는 아이들을 따라 방 안을 들여다봤다가 깜짝 놀랐다.

그 아이가 있었다. 뛰어난 가창력으로 〈난 괜찮아〉를 완벽하게 소화했던 그 아이가. 그런데 그 아이는 지금 노래를 부르지 않고 겁에 질린 다람쥐처럼 몸을 잔뜩 웅크린 채 문제집을 풀고 있었다.

"소문으로만 들었는데 진짜였네."

"무슨 소문……?"

"쟤, 배리라라고, 원래 연예기획사 연습생이었는데 잘렸다는 소문이 있어. 쪽팔려서 학교도 못 오고 매일 이 노래방 간다고 해서 설마, 하고 온 거였거든. 근데 진짜였네. 개웃긴다."

연아는 웃음을 연신 터뜨리며 핸드폰으로 리라의 모습을 사진 찍기까지 했다. 아이들은 덩달아 재미있어했지만 윤혜는 달랐다. 숨이 막힐 것 같았다. 초등학교 5학년 때의 일이 떠오른 탓이었다.

그때 아이들은 윤혜를 대놓고 비웃었다. 뚱뚱하다고, 못생겼다고 하면서. 윤혜가 왜 그러냐고 물으면 오히려 이렇게 되물으며 빈정거렸다.

"어머, 들렸어? 돼지도 인간의 말을 알아들어?"

'이건 걔네들이 했던 거랑 똑같은 짓 아니야?'

윤혜는 그래도 되는 거냐고 묻고 싶었다. 너무한 거 아니냐고, 노래방에서 공부를 하는 게 뭐가 그렇게 이상한 일이냐고 따지고 싶었다. 하지만 윤아가 웃으며 "민드라마, 찐 웃기지?"라고 말하자 도저히 본심을 말할 용기가 나지 않았다. 어설프게 웃으며 그저 이렇게 대꾸했다.
"그러게, 또라인가? 노래방에서 무슨 공부야?"

평소에 리라는 노래방에 가면 기분이 한결 나아졌다. 그런데 그날은 달랐다. 노래방에 단체 손님이 있었다. 교복을 입은 중학생 여자애들이었다.
'하필 푸른중이잖아.'
리라는 그 교복을 아직 한 번도 못 입어 보았다. 게다가 개중 한 명은 아는 얼굴이었다. 초등학교 6학년 때 같은 반이었던 이연아인 듯했다.
리라는 그 아이들이 유난히 신경 쓰였다. 왠지 자신이 노래하고 춤추는 모습을 보고 비웃을 것만 같아서 움츠러들었다. 그래서 노래 부르기를 그만두고 문제집을 꺼냈다. 그런 일을 또 겪으니 조용히 문제집이나 푸는 편이 나을 것 같았다.
예전엔 이러지 않았다. 리라는 노래와 춤에 자신이 있었다. 그 전에는 주변에서 칭찬만 받았는데, 초등학교 6학년 때 길거리에서 캐스팅이 되어 아이돌 연습생이 된 후부터 상황이 달라졌다.

학교에 가면 친구들은 늘 리라에게 노래를 부르고 춤을 춰 달라고 졸랐다. 연습생이 되기 전에도 그런 일은 많았다. 단지 반응이 달라졌을 뿐. 예전과 똑같이 노래를 부르고 춤을 추었지만 웬일인지 아이들은 시큰둥했다.

"연습생인데 달라진 게 없네?"

"좀 특별한 게 있어야 하는 거 아니야?"

연습생이 되었다고 해서 단숨에 실력이 늘 리가 없었다. 하지만 아이들은 리라에게 더 많은 것을 기대했다. 이런 반응은 친구들뿐만이 아니었다. 부모님도, 트레이너도 똑같은 말을 했다.

"조금 더 해 보자!"

"넌 잘할 수 있어! 노력이 부족한 거야!"

리라는 이런 반응이 점점 두려워졌다. 학교에 가기가 싫어졌다. 연습실에도 가고 싶지 않았.

복도의 소란이 잦아들었다. 아이들이 돌아간 모양이었다. 리라는 안심하고 다시 마이크를 들었다. 노래방에 올 때마다 매번 열 번 이상씩 부르는 그 노래, 트윙클스타의 〈난 괜찮아〉를 다시 골랐다. 오늘도 온 마음을 다해 불렀다. 리라는 마지막 구절을 여운 있게 되새기며 서서히 눈을 떴다.

"역시 끝내주네."

어느새 방 안에 연주 언니가 들어와 있었다. 연주 언니는 대학교 2학년, 리라의 외사촌으로 하마 코인 노래방에서 평일 낮 아르바이트를 했다.

"언제, 들어왔어?"

리라는 마이크를 내려놓으며 말했다.

"1절 끝났을 때. 너, 눈 감고 노래 부르고 춤추느라 모르더라. 우리 리라, 학교 안 가는 것 빼고는 완벽한데."

"학교는 금지어."

"아차, 미안."

연주 언니는 웃으며 말했지만, 리라는 학교 이야기만으로도 다시 움츠러드는 기분이 들었다.

6학년 때, 리라는 결국 연습생을 그만두고 집에 틀어박혔다. 엄마는 안타까운 마음에 리라에게 끈덕지게 잔소리를 했으나, 그럴수록 리라는 점점 더 겁이 날 뿐이었다.

그 후 우울증이 심해져 등교 거부까지 하게 되었다. 처음엔 집 밖으로 나가는 게 두려웠고, 그다음에는 방 밖으로 나가지를 못했다. 그런 리라가 다시 밖으로, 노래방이나마 갈 수 있게 된 건 다 연주 언니 덕이었다.

리라의 등교 거부를 알게 된 연주가 메시지를 보내왔다.

> 연주
> 너, 요즘 힘들다며?

리라는 연주 언니의 메시지를 봤지만 아무 대답도 하지 않았다. 괜히 짜증이 났다. 연주 언니가 자신의 마음을 알 리 없다고 생각했다. 그래서 가만히 있었더니 연주 언니가 동영상 하나와 함께 메시지를 또 보냈다.

리라는 단숨에 그 공간을 알아보았다. 거울로 사방이 둘러싸인 공간, 끊임없이 남들과 비교당하며 아주 작은 실수조차도 지적당하기 일쑤인 그곳. 바로 연습실이었다. 그 공간에 어린 연주 언니가 있었다.

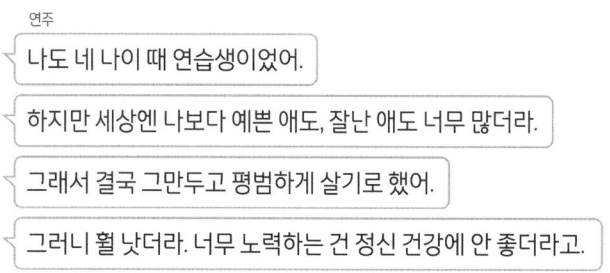

리라는 연주 언니에게 묻고 싶었다. 언니도 나처럼 힘들었냐고, 비교당했냐고, 아무것도 하고 싶지 않았냐고.

하지만 마음처럼 말이 나오지 않았다. 한참을 대꾸하지 못하고 있자니, 연주 언니가 지도 앱으로 장소 하나를 공유했다.

> 연주
> 나, 요즘 코인 노래방에서 일해. 너네 집에서 걸어서 오 분 거리야.
> 손님 없을 때면 혼자 춤추고 노래 불러.
> 그거 알아? 아무도 나에게 뭐라고 안 하면 난 무적이 된다?
> 내가 세상에서 제일 노래 잘하고 춤 잘 추는 것 같다?
> 너도 그 느낌을 느껴 보기 바라. 언제든 오고 싶을 때 들러.

리라는 이 메시지도 그냥 보기만 했다. 뭔가 답을 하고 싶었지만 말을 하는 방법을 잊은 사람처럼 갑갑하게 굴었다.

연주 언니는 이런 리라의 마음을 다 알고 있다는 듯 매일 메시지를 보내왔다. 하나같이 노래방에서 혼자 노래를 부르고 춤을 추는 모습이었다. 언젠가부터 리라는 연주 언니의 메시지를 기다리기 시작했다. 메시지가 오면 방 안에서 영상을 보며 춤을 따라 춰 보기도 했다.

그러다가 불쑥 연주 언니를 만나고 싶어졌다. 대화를 하는 건 쉽지 않겠지만 노래방에서 함께 노래를 부르고 춤을 추는 건 즐거울 것 같았다.

리라가 용기를 내어 연주 언니가 일하는 하마 코인 노래방을 찾아간 것은 고작 한 달 전의 일이었다.

다음 날 아침, 리라는 연아에게 갑작스런 메시지를 받았다.

> 연아
> 너 요즘 노래방 공부함??
> 연습생 결국 그만뒀음???
> ㅋㅋㅋㅋㅋㅋㅋㅋㅋㅋㅋㅋㅋ

메시지에는 노래방에서 공부하는 리라의 사진도 첨부되어 있었다.

'역시 어제 그 아이가 이연아였군.'

리라는 메시지를 바로 삭제하고 연아의 번호를 차단했다. 하지만 불쾌한 기분은 가시지 않았다. 마음 같아선 방에 다시 틀어박히고 싶었다. 그랬다간 엄마가 또 난리를 칠 터였다. 엄마를 안심시키기 위해서라도 어디든 나가야 했다.

리라는 모자를 푹 눌러쓰고 후드 티에 헐렁한 바지를 입은 채 가방에 문제집 몇 권을 챙겨 넣고 슬리퍼 바람으로 집을 나섰다. 슬리퍼를 찍찍 끌며 집에서 걸어서 오 분 거리인 노래방으로 들어섰다.

"좋은 아침!"

연주 언니가 리라를 반갑게 맞아 주었다. 하지만 리라는 대답을 할 수가 없었다. 기분이 언짢으면 더 말하기가 힘들었다. 리라는 고개를 푹 숙인 채 바로 18번 방으로 향했다. 마이크를 잡고 반주도 없이 고래고래 소리를 지르듯 〈난 괜찮아〉를 불렀다.

노래 중간에 연주 언니가 방에 들어왔다.

"너, 왜 그래? 무슨 일 있어?"

리라는 대꾸를 할 수가 없었다. 스트레스를 받으면 말이 잘 안 나왔다. 갑갑한 마음을 무반주 노래로 표현했다. 연주 언니는 별말을 하지 않았다. 한숨을 푹 쉬더니 방문을 닫고 나갔다. 대신 리라의 마음을 잘 안다는 듯, 시간을 가득 채워 주었다.

리라는 다시 〈난 괜찮아〉를 열창했다. 〈난 괜찮아〉를 열 번 넘게 반복해 부르고 나서야 마음이 다소 편해졌다. 그제야 아까 연주 언니에게 퉁명스럽게 군 게 미안해졌다. 배가 고프기도 했다. 점심시간이었다. 리라는 잠시 고민하다가 배달 앱을 열었다. 떡볶이와 김밥, 어묵을 시킨 후 연주 언니에게 메시지를 보냈다.

> 점심 쏠게.

연주
> 그래.^^

리라가 가까스로 입을 연 건 점심을 함께 먹고 입가심으로 〈난 괜찮아〉를 한 곡 뽑은 후였다.

"나, 노래방 공부, 이상해?"

마음 같아서는 '연아의 메시지를 받고 속상했다. 나도 학교에 가고 싶지만 마음처럼 되지가 않는다. 노래방에서 이러고 있는 게 이상해 보이느냐?'고 말하고 싶었지만 그 말을 다 쏟아 내기가 쉽지 않았다.

"안 이상해."

연주 언니는 리라의 마음을 다 안다는 듯 부드럽게 말했다. 리라가 아무 대꾸가 없자 연주 언니는 연거푸 같은 말을 해 주었다.

"안 이상해."

"전혀 안 이상해."

리라는 연주 언니가 같은 말을 열 번 넘게 반복한 후에야 겨우 고개를 끄덕여 보였다. 그러고는 가방을 열어 문제집을 꺼냈다. 집에서 혼자 풀다가 고생한 문제를 가리키자, 연주 언니가 부드럽게 웃으며 물었다.

"모르는 문제가 있었어?"

리라가 고개를 끄덕이며 별표를 크게 그리자, 연주 언니는 문제를 들여다보며 조근조근 풀이를 시작했다.

연주 언니랑 있으면 역시 마음이 편했다. 리라는 언니와 함께 문제집을 풀며 조금씩 차분해졌다. 그러자 방금 전에 하지 못했던 말이 불쑥 튀어나왔다.

"초등학생 때 알던 애한테 메시지가 왔어. 내가 노래방에서 공부하는 거 봤다고 비웃었어. 그래서 속상했어."

"그랬구나."

연주 언니는 짧게 말한 후 리라의 머리를 쓰다듬어 주었다. 리라는 연주 언니가 참 좋았다. 연주 언니는 길게 꼬치꼬치 캐묻지 않았다.

그때 갑작스레 나타난 유리 창문 너머 불청객만 아니었다면, 리라는 이대로 마음의 짐을 다 내려놓을 수 있었을 것이다.

하필이면 푸른중학교 교복을 입은 숏컷의 여자아이가 유리창 너머로 방 안을 빤히 바라보고 있었다. 그 시선에 리라는 다시 한번 연아의 메시지를 떠올렸다.

'연아도 저런 식으로 날 바라보며 비웃었겠지.'

리라의 표정이 바로 굳었다. 연주 언니는 리라의 표정 변화를 바로 눈치챘다.

"왜 그래?"

"저기, 방 밖에 누가 있어."

"누가?"

연주 언니는 고개를 돌리다가 창문 밖 아이를 발견했다.

"어머, 저 애 또 왔네? 잠깐 있어 봐."

연주 언니는 바로 방을 나섰다. 그 아이와 뭔가 대화를 나누더니 카운터 방향으로 사라졌다. 리라는 모르는 아이에게 연주 언니를 빼앗겼다는 불쾌감에 사로잡혔다. 문제집을 풀 기분이 아니었다.

마이크를 잡았다. 고른 곡은 당연히 〈난 괜찮아〉였다. 이제는 5188, 번호마저 외워 버렸다. 평소에는 노래를 부르면 잡생각이 사라졌다. 그런데 이번에는 영 집중이 되지 않았다. 노래를 부르는 내내 같은 생각만 반복했다.

'아까 걔는 뭐지?'

유리창 너머 염탐하던 아이가 머릿속에서 떠나지 않았다. 그 아이가 푸른중학교 교복을 입고 있는 데다, 어딘지 모르게 트윙클스타의 맨드라미를 닮은 것도 마음에 들지 않았다.

리라는 결심했다.

'어디 한 번만 더 쳐다보시지. 가만 안 두겠어.'

윤혜는 리라의 뒷말을 한 일이 마음에 걸려 밤잠을 설쳤다. 결국 리라를 만나러 가기로 마음먹었다. 리라는 등교 거부 중이었다. 그렇다면 코인 노래방으로 찾아가는 수밖에 없었다.

하교 후, 윤혜는 하마 코인 노래방으로 향했다. 너무 일찍 왔는지 카운터 언니도 없었다. 무인으로 운영되는 시간이라는 안내문이 붙어 있을 뿐이었다. 윤혜는 일단 안으로 들어가 보기로 했다.

복도를 따라가다 보니, 사람이 있는 곳은 18번 방밖에 없었다. 예상대로 그 방에는 리라가 있었다. 오늘은 일행이 있었다. 둘은 문제집을 같이 들여다보고 있었다. 윤혜는 리라와 함께 있는 사람이 누군지 궁금해서 유리창에 얼굴을 가까이 붙였다가,

카운터 언니라는 사실을 깨달았다.

'저 언니가 왜 여기 있지?'

너무 대놓고 들여다본 걸까? 어느 순간, 리라와 눈이 마주쳤다. 리라가 뭐라고 말하자 카운터 언니가 윤혜를 돌아보았다. 윤혜는 깜짝 놀라 유리창에서 황급히 얼굴을 떼었다. 얼마 안 있어 문이 열리더니 카운터 언니가 복도로 나왔다.

"또 왔네? 노래 부르러 왔어?"

"아, 그게, 네."

"가자, 계산해 줄게."

둘이 복도를 걸어가는 사이, 방에서는 리라의 노랫소리가 흘러나오기 시작했다. 트윙클스타의 〈난 괜찮아〉였다. 언제 들어도 빼어난 가창력이었다.

윤혜는 리라의 목소리에 귀를 기울이며 방금 전에 생긴 궁금증을 속으로 되풀이해 생각했다.

'리라가 왜 이 언니와 함께 있었을까? 둘이 뭘 한 거지?'

얼핏 보기에 둘은 문제집을 같이 푸는 것 같았다. 퍼뜩 한 가지 가능성을 떠올렸다.

"저, 저기!"

윤혜는 있는 용기를 다 끌어내어 말했다.

"응?"

"배, 배배배배, 배리라 언니세요?"

이게 뭐라고, 윤혜는 심장이 튀어나올 것같이 콩닥거렸다. 카운터 언니는 잠시 의아한 표정을 짓다가 풋, 하고 웃음을 터뜨렸다.

"맞아, 사촌 언니야. 연주라고 해."

"아, 네. 그렇구나. 예."

"리라 친구니? 아는 사이야?"

"아니, 그게, 음. 같은 학교 다니긴 하는데. 저도 1학년이긴 한데……."

"리라랑 닮았네."

윤혜가 말을 제대로 잇지 못하자 연주 언니가 웃으며 말했다. 윤혜는 연주 언니가 한 말이 믿기지 않았다.

'저렇게 완벽한 아이가 나랑 닮았을 리 없잖아. 내가 잘못 들은 걸 거야.'

윤혜는 혼란스러워 아무 말도 하지 못했다. 그러자 연주 언니가 생긋 웃으며 말했다.

"12번 방."

"네?"

"12번 방에 가라고."

윤혜는 연주 언니가 더는 묻지 않은 게 감사했다. 복도를 걸어가자니 버릇처럼 자꾸만 18번 방이 신경 쓰였다. 자기도 모르게 18번 방을 들여다보았다. 그런데 이번에는 리라가 유리창 앞에 서 있었다. 게다가 표정이 무시무시했다. 윤혜는 헉, 소리를 내며 뒤로 반걸음 주춤 물러섰다. 그러고는 곧장 12번 방으로 내뺐다.

윤혜는 방에 들어가자마자 노래를 골랐다. 트윙클스타의 〈난 괜찮아〉. 외우다시피 한 번호 5188을 누르고 마이크를 잡았는데, 왠지 뒤통수가 뜨거웠다. 설마 그럴 리 없겠지, 하면서 고개를 돌려 보니 유리문 밖에 리라가 서 있었다.

노래방 기계가 반주를 내보내고 있었다. 평소의 윤혜라면 간주 점프를 했겠지만 이번에는 그러지 못했다.

자신을 똑바로 바라보는 리라의 시선을 도저히 피할 수가 없었다. 리모컨으로 손을 뻗지 못한 채 가만히 리라를 보고만 있자니 문이 스르륵 열렸다.

리라가 안으로 들어왔다. 그러고는 마이크를 손에 든 윤혜를 빤히 노려보며 물었다.

"용건 있어?"

윤혜는 당황해서 고개를 세게 좌우로 저었다. 리라는 그런 윤혜를 여전히 굳은 얼굴로 바라보다가 으르렁거리듯 덧붙였다.

"그럼 쳐다보지 마."

그렇게 말하고는 그대로 휙 나가 버리려고 했다. 윤혜는 어쩐지 리라를 잡아야 할 것 같았다. 하지만 뭐라고 해야 할지 몰랐다. 그 순간, 〈난 괜찮아〉의 1절 파트가 흘러나오기 시작했다.

윤혜는 본능적으로 마이크를 손에 잡고 외쳤다.

"요, 용건 있어!"

윤혜의 말에 리라가 문을 열다가 멈칫했다. 윤혜는 급히 리라를 보며 마이크로 크게 소리 질렀다.

"너, 노래 너, 너무 너무너무너무! 잘한다고! 그, 그 말 하고 싶어서 그랬어!"

리라가 몸을 살짝 돌려 뒤를 돌아보았다. 윤혜는 마이크에 대고 다시 한번 소리를 질렀다.

"난 가짜야! 하지만 넌, 넌! 진짜 맨드라미 같아! 춤도 잘 추고! 그, 그래서, 난 네가 너무 대단해 보여서! 그, 그냥! 그래서! 미안해!"

윤혜는 몸을 직각이 되도록 깊이 숙였다. 리라가 화를 낼 것 같아 두려웠다. 겁에 질려서 눈물이 쏟아지려 했다. 그런 얼굴을 들키지 않으려고 한참 동안 몸을 일으키지 못했다.

〈난 괜찮아〉가 계속 흘렀다. 화면에 '내 곁에 있어 줘, 제발.'이라는 가사가 적혀 있었다. 그건 마치 윤혜의 마음 같았다.

리라는 자신을 향해 몸을 깊이 수그린 리라를 보면서 생각에 잠겼다.

'지금 진심으로, 내가 진짜 맨드라미 같다고 말한 거야?'

리라는 윤혜의 말을 믿을 수 없어서 잠시 동안 멍하니 서 있었다. 뭐라고 해야 할지 알 수가 없었다.

한 가지 확신은 들었다.

'오해를 한 것 같아.'

리라는 미안해졌다. 그렇다고 바로 사과를 하기엔 머쓱했다. 어떻게 해야 뻘쭘하지 않게 사과를 할 수 있을까.

리라는 연주 언니를 상대로도 말을 하는 게 쉽지 않았다. 하물며 처음 보는 윤혜에게 말을 잘할 리가 없었다.

하지만 어떻게든 해야 했다.

어떻게든.

그때 리라의 눈에 마이크가 보였다. 그 어떤 순간에서든 자신의 목소리를 전달해 주는 마이크가.

윤혜는 몸을 숙이고 있어서 리라가 무엇을 하는지 전혀 알 수 없었다.

그 순간 윤혜의 귀에 〈난 괜찮아〉가 들렸다.

윤혜는 서서히 고개를 들었다. 리라가 〈난 괜찮아〉를 열창하며 윤혜가 들고 있는 마이크를 손으로 가리켰다. 함께 부르자는 뜻 같았다. 윤혜는 얼마간 머뭇거렸다. 리라의 완벽한 노래에 흠집을 낼 것 같아서였다.

리라는 계속해서 손짓으로 윤혜에게 노래를 부르라는 시늉을 했다. 결국 윤혜는 후렴구에 들어가서야 조심스레 마이크에 입을 갖다 대었다.

'잘 불러.'

리라는 윤혜의 목소리에 새삼 감탄했다. 아무리 봐도 타고난 성량이 있었다. 곁들이는 춤 동작도 작지만 매력이 있었다. 이런 게 바로 사람들이 리라에게 원했던 '특별함'인 것 같았다. 리라는 윤혜가 노래를 부를수록 서서히 목소리를 줄였다. 윤혜의 목소리에 귀를 기울이기 위해서였다.

반면에 윤혜는 리라가 자신을 배려하는 거라고 생각했다.

두 아이는 노래가 끝난 후 조심스레 마이크를 내려놓고는 서로를 잠시 동안 가만히 바라보았다.

리라가 먼저 입을 떼었다.

"한 곡 더?"

윤혜는 리라의 말에 고개를 크게 끄덕였다. 그러고는 리모컨을 들어 무심코 5188을 누르다가 리라를 바라보았다.

"아, 미, 미안. 나, 이 노래 말고 잘하는 게 없어서."

"난 괜찮아."

리라는 씨익 웃더니 윤혜가 든 리모컨의 선택 버튼을 눌렀다. 바로 반주가 흘러나오기 시작했다. 둘은 서로를 마주 보고 활짝 웃었다. 그러고는 〈난 괜찮아〉를 목청 높여 불렀다.

둘은 많은 대화를 나누지 않았다. 그저 함께 노래를 부르다 헤어졌다.

하지만 다음 날, 윤혜는 자꾸 리라가 생각났다. 리라와 〈난 괜찮아〉를 또 부르고 싶었다. 하교 후 윤혜의 발길이 절로 하마 코인 노래방으로 향했다.

리라 역시 마찬가지였다. 윤혜와 함께 노래를 부르던 순간의 감각을 다시 한번 느끼고 싶었다. 그렇기에 둘은 서로를 보자마자 누가 먼저랄 것 없이 함박웃음을 지었다. 마이크를 하나씩 나눠 갖고 5188을 눌렀다.

리라는 요즘 노래방에 가는 게 즐거웠다. 다 윤혜 덕이었다. 윤혜는 학교가 끝나면 바로 노래방에 갔다. 그러면 리라는 윤혜에게 마이크를 건넸다. 둘이 같이 춤과 노래를 한 곡 뽑고 난 후, 생기 있는 얼굴로 "오늘은 어땠어?"라고 물었다. 여전히 학교에 가는 건 두려웠지만 윤혜가 들려주는 학교 생활 이야기는 꽤 재미있었다.

그렇게 일주일쯤 지났을 때, 윤혜가 뜻밖의 이야기를 털어놓았다.

"나, 두려워. 애들이 원하는 모습을 보여 주지 못하면 따돌림을 당할 것 같아서."

리라는 이 말에 깊이 공감했다. 리라는 자신도 그런 경험이 있노라고 말하고 싶었지만 입이 떨어지지 않았다. 윤혜와 친해지면서 말수가 많이 늘었지만, 여전히 조리 있게 말하는 건 쉽지 않았다. 그래서 그저 고개를 크게 끄덕이거나, 노래를 골라 부르며 마음을 표현할 뿐이었다.

윤혜는 이런 리라를 오해했다.

"역시 리라는 자신감이 넘치는구나. 너무 멋져. 나도 그러고 싶어."

리라는 그런 말을 들을 때마다 난감했다. 남들의 눈이 두려워 학교에 못 간다고, 연습생도 그만뒀다고, 노래방으로 도망쳤다고, 말하는 게 두려워서 이러고 있을 뿐이라고…….

이 모든 걸 이야기하고 싶었지만 표현할 수가 없었다. 그래서 그냥 이렇게 말할 뿐이었다.

"넌 멋져. 내 친구, 민윤혜."

내가 친구라니.

윤혜는 리라의 말, 특히 내 친구라는 말이 무척 기뻤다. 하지만 자신이 멋질 리 없었다. 윤혜는 가짜였다. 민드라미라는 별명으로 통하는, 어떻게든 따돌림당하지 않으려고 아등바등하는 가짜.

"새 노래 연습."

윤혜가 심각한 표정을 짓고 있자 리라가 웃으며 마이크를 내밀었다.

"노래, 다른 거, 해 보자."

리라가 트윙클스타의 또 다른 대표곡 〈스탠 바이 미〉를 골랐다. 먼저 첫 소절을 부른 후 고개를 끄덕였다. 윤혜는 심호흡을 크게 한 뒤, 리라를 따라 다음 소절을 불렀다. 처음 부르는 노래라 어설펐다.

음정도 박자도 잘 맞지 않았다. 그래도 괜찮았다. 리라가 곁에서 웃고 있으니까 마음이 편안했다. 리라만 곁에 있으면 괜찮을 것 같았다. 그래서 윤혜는 마지막 소절에 마음을 꼭 담아 힘껏 불러 보았다.

네가 함께 있다면 나는 모두 괜찮을 것 같아.
내 곁에 있어 줘, 스탠 바이 미.

리라가 부드럽게 웃었다. 마지막 '스탠 바이 미'에서는 화음을 넣어 주었다.

윤혜는 마음이 편안해졌다. 노래를 부르면 방금 전까지 고민했던 게 별것 아닌 일이 되었다. 학교에서 쿨한 척하느라 힘들었던 것도 아무렇지 않았다.

'앞으로도 계속 이렇게 지내면 좋겠다. 노래방에서 매일 리라를 만날 수 있다면, 어떻게든 될 것 같아.'

윤혜의 바람은 오래가지 않았다. 일주일 후 월요일, 학교에

간 윤혜는 곧장 아이들에게 둘러싸였다.

"민드라미, 물어볼 게 있는데."

윤혜는 이런 분위기를 겪어 본 적이 있었다. 초등학생 시절, 따돌림을 당할 때였다. 가슴이 두근거렸다. 손이 차가워지면서 식은땀이 났다. 양손을 맞잡고 애써 웃으며 물었다.

"무슨 일이야?"

아이들은 윤혜에게 사진 한 장을 내밀었다.

"이거, 너 맞아?"

사진에는 윤혜와 리라가 찍혀 있었다. 둘이 함께 노래를 부르는 모습도 있었고, 문제집을 푸는 모습도 있었다.

"아니지? 닮은 사람이지?"

윤혜는 공포에 질렸다. 대체 뭐라고 해야 할까. 입을 꾹 다문 채 머릿속으로 갖가지 변명을 떠올리려 애썼다. 갑자기 눈물이 나왔다. 이 상황이 너무 무서워서, 무슨 말을 해도 따돌림이 다시 시작될 것만 같아서.

아이들이 당황한 얼굴로 윤혜를 감싸며 말했다.

"왜 울고 그래!"

"이럴 줄 알았어, 이럴 줄! 내가 민드라미 아닐 거라고 했잖아!"

"하지만 닮았는데? 내 눈엔 맞는데?"

아이들이 윤혜 앞에서 언성을 높였다. 그럴수록 윤혜는 점점 더 두려워졌다. 어쩔 줄 몰라 하다가 진실을 말하려고 입을 열었지만…… 끝내 말을 잇지 못했다. 수업 준비 종소리와 함께 까무라친 탓이었다.

윤혜는 곧장 보건실로 옮겨졌다. 삼십 분 후 정신이 들자마자 바로 조퇴했다. 부모님은 많이 힘들면 다음 날도 쉬라고 했다. 윤혜는 이 말에 진심으로 안도했다.

'계속, 계속 안 가고 싶다.'

윤혜는 학교에 가는 게 두려워졌다. 기절해 버리는 바람에 조퇴를 해서 위기를 모면했지만, 다시 학교에 갔다가 아이들이 또 그 사진을 들이대며 추궁하면 어떻게 변명해야 할지 알 수가 없었다.

다음 날도 윤혜는 전전긍긍하며 방 밖으로 나가지 못했다. 침대에 누워 있자니 무서운 상상만 반복되었다. 대부분 아이들에게 욕을 먹거나 무시당하는 자신의 모습이었다.

오후에는 윤혜의 집에 친구들이 찾아왔다. 그중에는 연아도 있었다. 윤혜는 집에 없는 척하고 친구들을 돌려보냈다. 하지만 한 시간 후, 연아 혼자 찾아와 "올 때까지 기다리겠다."고 말했다. 결국 문을 열 수밖에 없었다.

연아가 윤혜의 방에 들어왔다. 몸을 잔뜩 움츠린 채 침대에 앉아 있는 윤혜를 보며 연아는 이리저리 눈치를 살폈다. 윤혜는 연아가 자신을 힐난하리란 생각에 눈물이 또 터질 것만 같았다.

"윤혜야, 미안해!"

연아가 뜻밖의 말을 했다. 윤혜는 연아가 무슨 말을 하는 건지 이해하기가 어려웠다.

"너, 협박당해서 리라랑 놀아 준 거지? 뭔가 약점이라도 잡힌 거니? 그런데 우리가 오해하니까, 너무 놀라서 충격받은 거야? 미안해! 네가 그런 이상한 애랑 친할 리가 없는데! 분명 협박당해서 그랬겠지! 그렇지? 그런 거지?"

연아가 전혀 예상치 못한 말을 했다. 무슨 말인지 이해하지 못해 잠자코 있었더니 연아가 더 흥분해서 소리쳤다.

"역시 배리라 걔는 이상한 애야. 잘난 척 심하고, 남 무시하고. 이젠 협박까지 하네? 아주 갈 데까지 갔어. 내가 가만 안 둘 거야. 꼭 복수하고 말 거야."

윤혜는 아니라고, 결코 그런 게 아니라고 말하고 싶었지만 도저히 그 말이 나오지 않았다.

그런 생각이 든 탓이었다. 지금 이대로, 아무 말도 안 하면 왕따를 당하지 않으리라는.

윤혜는 고개를 작게 끄덕였다. 리라는 이런 상황을 모르니까 아무 일도 일어나지 않으리라고, 그러니 다 괜찮아질 거라고 생각하면서.

리라는 핸드폰을 연신 들었다 놨다 했다. 벌써 나흘째, 윤혜가 노래방에 안 오고 있었다. 게다가 메시지에 답도 하지 않았다.

처음엔 바쁜 일이 있겠거니 싶었지만 이젠 서서히 걱정이 되기 시작했다. 무슨 일이 일어난 게 아닐까. 몸이 많이 아프거나, 아니면 학교에서 무슨 일이 생기거나.

순간 연아의 얼굴이 떠올랐다.

'혹시 나 때문에 리라가 곤란해진 건 아닐까.'

리라는 불안해졌다. 윤혜를 위해 뭐라도 해 주고 싶었다. 다시 핸드폰을 들여다보다가 짤막하게 메시지를 한 통 보냈다.

윤혜는 핸드폰을 들었다 놨다 했다. 리라가 보낸 메시지에 답장을 하지 못하고 있었다. 왜 못 가는지 이유를 말해야 했다.

하지만 그럴 수가 없었다.

처음엔 위기를 모면하려고 연아의 말에 맞춰 거짓말을 했다. 그러자 아이들이 윤혜를 측은히 여기며 리라를 원망했다.

그럴 때마다 윤혜는 양심의 가책을 느꼈다. 이제라도 상황을 바로잡아야 했지만 용기를 내기가 어려웠다. 왜 그때 거짓말을 했느냐고 아이들이 자신을 탓할까 봐 두려웠다.

그러면서도 이걸로 괜찮다고 생각했다. 아이들과 리라의 접점이 없으면 아무 일도 일어나지 않을 테니까, 상황이 적당히 정리된 후에 노래방에 가면 될 거라고 생각했다.

그런데 상황이 윤혜의 마음처럼 흐르지 않았다. 연아가 윤혜의 핸드폰에 떠 있는 리라의 메시지를 발견한 것이다.

> 리라
> 혹시 연아랑 무슨 일 있어?

"배리라잖아?"

윤혜는 난감한 마음에 입을 꾹 다물었다. 연아는 지난번처럼 상황을 자기 편할 대로 해석했다. 윤혜가 애매하게 웃어 보이자 코웃음을 치며 이렇게 말했다.

"배리라 못쓰겠네. 가만 두면 안 되겠어."

그러더니 윤혜의 핸드폰을 뺏어 들었다.

리라는 불안한 마음에 공부에도 노래에도 집중하지 못하고 핸드폰만 자꾸 들여다봤다. 마침내 윤혜가 답장을 했다.

> 윤혜
> 지금나올수있어? 나건물앞

평소에 윤혜는 메시지의 띄어쓰기를 잘하는 편이었다. 그런데 오늘은 띄어쓰기가 전혀 되어 있지 않았다. 리라는 윤혜의 말투가 좀 찝찝했지만, 반가운 마음에 답장을 보냈다.

> 바로 나갈게!

리라는 신이 나서 급히 노래방을 나섰다. 6층에서 엘리베이터를 타고 내려가 1층에 도착했다. 건물 출구로 나가 주변을 두리번거렸다.

그곳에 윤혜가 있었다. 그런데 다른 아이들과 함께였다. 리라는 단숨에 이게 무슨 상황인지 눈치챘다.

'가장 안 좋은 생각이 현실이 됐네.'

리라는 무엇보다 윤혜가 걱정이 되었다. 아니나 다를까, 윤혜는 얼굴이 창백하게 변한 채 금방이라도 울 것 같았다. 울지 말라고 말하고 싶었지만 연아가 어떤 반응을 보일지 몰라 망설였다. 일단 분위기를 파악해야 했다.

"너, 대체 뭐야?"

연아가 앞으로 나서더니, 리라의 어깨를 손으로 툭툭 치며 말했다.

"민드라미가 춤이랑 노래 잘 못한다고 빌미 잡았다며? 학교에 소문낸다고 협박해서 억지로 노래 부르고 공부하게 했다며! 너, 진짜 찐 또라이다! 그러니 연습생 잘리지! 대체 왜 그러니? 왜 그렇게 배배 꼬였어?"

연아가 말하는 내내 리라의 시선은 윤혜에게 고정되어 있었다. 이제 윤혜는 울고 있었다. 리라는 가슴이 아팠다. 연아의 말은 아무것도 아니었다. 그보다는 윤혜가 지금 얼마나 힘들지 그게 걱정이었다.

'내가 뭔가 해야 해. 윤혜는 나처럼 되게 해선 안 돼.'

리라는 크게 심호흡을 했다. 그러고는 최대한 표독스러운 표정으로 연아를 노려보며 내뱉었다.

"꺼져. 너도, 쟤도, 꼴도 보기 싫어."

그러고는 바닥에 침을 퉤 뱉고는 몸을 돌려 건물 안으로 들어갔다. 뒤에서 연아가 뭐라고 계속 소리를 질렀지만, 애써 모른 척했다.

한 가지 마음에 걸리는 건 윤혜였다. 자신의 거짓말에 윤혜가 상처를 받지 않기를 바랐다.

'내가 윤혜를 위해 일부러 화난 척했다는 걸 알아야 할 텐데. 어떻게 하지?'

리라는 엘리베이터에 올라탔다. 엘리베이터의 숫자 버튼을 물끄러미 바라보며 어떻게 메시지를 보낼지 골똘히 고민했다.

"뭐, 저런 게 다 있어! 너무 재수 없다!"
"민드라미! 이제 괜찮아. 아무 걱정 하지 마!"

아이들이 흥분해서 리라의 뒷모습에 대고 소리를 질렀다. 윤혜는 눈앞이 캄캄해지는 기분이 들었다. 아이들에게 힐난을 받았을 때 몹시 두려웠다. 다시 따돌림을 당할지도 모른다는 생각에 빠져서 집 밖으로 나가지도 못할 정도였으니까.

하지만 윤혜와 다시는 만나지 않겠다는 리라의 선언은 그에

비할 바가 못 되었다. 훨씬 더 가슴이 아팠다. 그야말로 충격적이었다. 그런데도 윤혜는 리라를 잡지 못했다. 그저 애달픈 표정으로 리라가 탄 엘리베이터를 가만히 바라볼 뿐이었다.
'6층까지 가는 것만 보고 나서 갈래.'
그런데 엘리베이터가 좀 이상했다. 6층이 아니라 5층에서 멈춰 섰다. 그러더니 다시 1층으로 내려왔다. 그 안에는 여전히 리라가 타고 있었다.
'리라야, 왜?'
리라는 할 말이 있는 듯 윤혜를 가만히 바라보다가 엘리베이터 문을 닫았다. 다시 엘리베이터가 올라가더니, 5층과 6층, 7층을 지나 8층에서 멈췄다. 그러고는 그곳에 한참 서 있었다.
'처음엔 5층, 다음엔 1층, 그리고 8층에서 계속……'
"5188, 난 괜찮아."
윤혜의 입에서 저절로 말이 튀어나왔다. 그와 동시에 깨달았다, 리라의 마음을.
'리라는 지금 이 순간에도 나만 걱정하고 있어. 자긴 괜찮다고 메시지를 보내고 있는 거야. 그런데 나는, 나 자신밖에 생각을 안 했구나.'
윤혜의 눈에 다시 눈물이 고였다. 연아가 윤혜를 보고 놀라서 물었다.
"윤혜야, 너 왜 그래? 울지 마! 이제 다 괜찮아! 배리라 떨어져 나갔어!"
"아냐, 그런 거."
"뭐가 아냐?"
"미안해!"
윤혜가 연아와 아이들을 향해 직각으로 몸을 숙였다.
"나, 거짓말했어. 협박받은 거 아냐. 내가 좋아서, 리라랑 같이 있었던 거야."
"뭐, 뭐라고?"
"미안해! 정말 미안해!"
윤혜는 거듭해서 몸을 숙인 후 그대로 건물 입구로 달려 들어갔다.
"자, 잠깐만 뭐라고?"
"야, 민드라미! 너, 지금 뭐라고?"
"윤혜야! 민윤혜!"
윤혜의 등 뒤에서 아이들이 소리를 질렀다.
윤혜는 아이들을 무시하고 엘리베이터로 향했다. 엘리베이터는 여전히 8층에 멈춰 서 있었다. 리라는 윤혜에게 5188, 〈난 괜찮아〉의 번호로 메시지를 보내기 위해 엘리베이터를 8층에 멈춰 놓고 계단으로 6층으로 간 것 같았다.
윤혜는 그 마음을 지켜 주고 싶었다. 엘리베이터를 8층에 둔 채 비상계단으로 향했다. 처음에는 계단을 한 칸씩 뛰어오르다가 조금 지나서는 두 칸, 세 칸씩 단번에 뛰었다. 그렇게 노래방이 있는 6층에 도착했을 때, 윤혜는 땀범벅이 되어 있었다.

윤혜가 노래방 문을 열고 들어가자 연주 언니가 시큰둥하게 인사하려다가 눈을 동그랗게 떴다.

"윤혜야, 너……."

윤혜는 대꾸하지 않고 복도를 따라 걸었다. 주변을 두리번거리며 리라가 있는 방을 찾았다. 어디서도 노랫소리가 들리지 않았다. 모든 방에 불이 꺼져 있었다. 하지만 리라는 어딘가에 있을 터였다. 윤혜는 그렇게 믿고 계속 걷다가, 한 방에서 아주 작게 새어 나오는 소리를 들었다.

난 괜찮아…….

12번 방이었다. 불 꺼진 방 안에서 아주 작게 〈난 괜찮아〉의 노랫가락이 흘러나오고 있었다.

윤혜는 12번 방 안을 유리창 너머로 들여다보았다.

역시나 그곳에 리라가 있었다. 불 꺼진 방 구석, 바닥에 쭈그리고 앉아 무릎에 얼굴을 박은 채 작게 노래를 부르는 리라가.

윤혜가 문을 열었다. 리라는 윤혜가 들어온 줄도 모르고 계속해서 노래만 부르고 있었다.

원래 혼자였으니까. 난 괜찮아.

윤혜는 그런 리라에게 다가갔다. 앞에 함께 쭈그리고 앉아 가만히 리라를 보았다. 그러다가 아주 작게 말했다.
"괜찮긴 뭐가 괜찮아?"
리라가 고개를 들었다. 윤혜를 바라보았다.
"바보야, 안 괜찮다고 해도 돼."
"나, 안 괜찮아."
"그래, 나도 안 괜찮아."
"나, 안 괜찮아."
둘은 아주 조심스레 몸을 움직였다. 바닥에 주저앉은 채 서로를 끌어안았다. 그리고 얼마 지나지 않아 둘은 이렇게 말하고 있었다.
"우린, 이제 괜찮아."

윤혜는 다시 학교가 끝나면 노래방으로 향했다. 연아를 비롯한 아이들은 그런 윤혜에게 아무 말도 하지 않았다. 묘하게 눈치를 보는 것 같은 분위기이긴 했지만 따돌림이나 괴롭힘은 없었다. 윤혜는 그걸로 됐다고 생각했다. 리라를 잃지 않았으니까, 그걸로 됐다고.
더불어 좋은 일이 있었다. 이날을 계기로, 리라는 뭔가 댐이

허물어진 듯 평범하게 말을 할 수 있게 되었다.
"나 때문에 곤란해진 거 아니냐?"
"괜찮아."

이보다 더 좋은 일은 일주일 후에 일어났다. 노래방으로 연아를 비롯한 아이들이 찾아왔다. 아이들은 리라와 윤혜가 함께 공부를 하고 있는 방으로 들어오더니, 윤혜가 정말로 미안해할 때 그러듯 직각으로 몸을 숙여 말했다.
"미안해!"
"사실 우리도 리라, 너랑 친하게 지내고 싶어!"
"민드라미, 오해해서 미안해!"
윤혜는 어떻게 반응해야 할지 몰라 가만히 있었다. 리라 역시 그럴 것 같았다.
리라는 당황할 땐 늘 그러하듯 잠시 아이들을 바라보며 팔짱을 끼고 생각에 잠기는가 싶더니, 곧 리모컨을 손에 들었다. 그러고는 5188, 낯익은 번호를 눌렀다.
이내 노래가 노래방 안에 가득 찼다.
"난 괜찮아!"
그러면서 리라는, 아무렇지 않은 표정으로 연아에게 남은 마이크 하나를 내밀었다. 연아는 부끄럽게 웃으며 마이크를 받았다. 아이들은 모두 함께 〈난 괜찮아〉를 열창했다.

그날 이후, 하마 코인 노래방은 푸른중학교 아이들로 북적였다. 아이들은 다 같이 노래를 부르기도 하고, 조용히 문제집을 풀기도 했다.

그렇게 보름이 더 지난 날 아침, 리라는 교복을 차려입었다. 그리고 노래방으로 향했다. 그곳에서 자신을 기다리는 아이들과 함께 푸른중학교로 향했다.

푸른중학교 1학년 3반 배리라의 첫 등교였다.

작가의 말

  고등학교 시절, 저는 학교 폭력이나 왕따라고 콕 집어 부르기에는 모호하지만 몹시 괴로운 경험을 했습니다. 반에서 일진 흉내를 내는 무리 중 한 녀석이 제게 시비를 걸었죠. 제가 고분고분하지 않다는 게 시비의 이유였습니다. 말다툼이 꽤 심한 몸싸움으로 번졌죠.
  그날 이후 제 학교생활이 고달파졌습니다. 일진 무리는 직접 시비를 거는 대신 들릴 듯 말 듯한 비아냥거림으로 저를 괴롭혔고요. 같은 반 학생들도 일진 눈치를 보느라 누구도 제 편을 들어주지 않았습니다.
  제가 지금까지 살아오면서 후회하는 일 중 하나는 그때 억지로 학교에 다닌 일입니다. 그때 저는 자퇴를 하면 세상이 무너지는 줄 알았습니다. 훗날 저는 3수를 해서 남들보다 늦게 대학에 가고 늦게 졸업했습니다. 당연히 늦게 취직했고 결혼도 늦었죠. 그런데도 사는 데 아무 지장이 없더라고요.
  이 소설 속 주인공은 고등학교 자퇴생입니다. 그저 돈을 많이 벌고 싶다는 막연한 욕심에서 비롯된 철없는 선택이 어떤 과정을 통해 주인공을 단단하게 만들고 새로운 길로 이끌지 궁금하지 않나요?
  학교 밖에도 세상이 있습니다. 대신 준비는 철저히 해야겠죠. 바깥세상은 자유롭지만 황야처럼 거친 곳이니 말입니다.

소거법

정진영

"와! 미쳤다!"

머릿속으로 떠올린 감탄사가 나도 모르게 입 밖으로 튀어나왔다. 생전 처음 먹어 보는 맛이었다. 첫맛은 부드러우면서 달달하고, 뒷맛은 땅콩 크림처럼 고소했다. 맵지 않고 크리미한 맛 때문에 로제 떡볶이인 줄 알았는데 뭔가 좀 달랐다. 로제 떡볶이보다 소스 색깔이 더 짙었고, 질감도 더 꾸덕꾸덕했다. 무엇보다도 묘한 감칠맛이 자꾸 입맛을 당겨 포크질을 멈출 수가 없었다. 다른 테이블에 앉아 있는 손님의 반응도 나와 다르지 않았다.

"이 집 뭐냐? 무슨 떡볶이 맛이 이래?"

"내가 뭐랬어? 무조건 맛있을 거라고 그랬지?"

"여기, 소스가 진짜 죽이지 않냐?"

"그러게, 어떻게 이런 맛이 나지? 희한하네."

다른 손님들이 웅성거리는 소리를 들으니 입안에 다시 침이 고였다. 순식간에 한 접시를 비운 나는 접시에 남아 있던 소스가 아까워 김말이 두 개를 더 시켰다. 포크로 반 토막 낸 김말이를 소스에 버무려 먹어 보니 맛이 기가 막혔다. 김말이를 다 먹고도 입맛이 당겨서 고구마튀김 하나를 더 시켜 먹었다. 여기저기서 추가 주문을 요청하는 외침이 들렸다.

"사장님! 여기 오징어튀김과 김말이 추가요!"
"죄송한데요, 떡볶이 진짜 1인당 1인분밖에 안 되나요?"
"여기 새우튀김 2인분 더 주세요!"
"포장 주문은 정말로 안 되나요? 너무하네……."

나는 빈 밥그릇의 바닥을 핥고 또 핥아 설거지하는 시골 똥개처럼 포크로 남은 소스를 다 긁어 먹은 뒤에야 먹부림을 멈췄다. 계산을 마치고 분식집에서 나올 때 빈 접시가 오후 햇살을 받아 반짝거려 민망했다.

"엽떡과 불닭처럼 맵지 않으면 쳐다보지도 않던 내가, 이런 맛에 환장하다니……."

패배하고 싶지 않은 싸움에서 패배했는데, 패배를 인정할 수밖에 없는 기분이 들었다. 친친분식……. 주인이 직접 만든 듯한 허접한 간판마저 왠지 멋있어 보였다.

친친분식은 일 년 전, 내가 특성화고를 다니다 자퇴했을 때 개업했다. 솔직히 그 자리에서 얼마 버티지 못하고 망할 줄 알았다. 친친분식은 우리 동네 큰길의 끝에서 왼쪽으로 꺾어 들어와야 보이는 상가 건물 1층에 문을 열었다. 누가 봐도 목이 별로였다. 엄마는 한창 개업 준비 중인 친친분식을 보고 혀를 찼다.

"쯧쯧! 내 저 자리에 개업해 일 년 이상 버틴 가게를 본 적이 없다!"

아빠도 한마디 보탰다.

"또 애먼 사람 한 명만 망해서 나가겠네. 장사는 첫째도 둘째도 목이 생명인데, 눈이 어디에 붙어 있는 거야. 무슨 생각으로 저런 자리에 개업하는지, 원……."

하지만 친친분식은 달랐다. 개업 초반에는 잠잠하더니 두어 달쯤 지나자 찾는 손님이 눈에 띄게 늘기 시작했다. 처음에는 뒤늦은 '개업 빨'인 줄 알았는데 이후에도 만석이 아닌 날이 없었다. 대기 손님의 줄도 점점 길어졌다. 덕분에 침체돼 있던 동네에 활기가 돌면서 주변 가게에도 덩달아 손님이 늘어났다.

그런데도 나는 친친분식에 가지 않았다. 교복 입은 녀석들이 매장 앞에 줄 서서 떠드는 모습을 보면 짜증이 났다. 학교 친구가 없진 않지만, 누구도 먼저 연락해 내 안부를 묻지 않았다. 그런 녀석들에게 떡볶이를 먹으러 가자고 먼저 연락을 하기에는 자존심이 상했다.

그렇다고 혼자 떡볶이를 먹으며 친구 하나 없는 찐따처럼 보이기는 싫었다. 친친분식은 배달은커녕 포장 주문도 받지 않아 직접 매장에 들르지 않으면 떡볶이 맛을 볼 수 없었다. 재료가 바닥나 일찍 문을 닫는 날이 많아서 배달이나 포장 주문이 아쉽진 않을 터였다. 그런 배짱 장사도 짜증이 났다. '분식집이 잘나 봤자 얼마나 잘났다고…….'라는 마음으로 무시하기에는 떡볶이 맛이 너무 궁금했다. SNS와 블로그에 올라온 리뷰도 칭찬이 대부분이어서 궁금한 마음은 더 커져만 갔다.

> · 녹진한 떡볶이에 김말이와 오징어 튀김, 완전 꿀조합!
> · 매콤 달달 쫀득쫀득한 소스에 감동! 강력 추천!
> · 소스를 포크로 싹싹 긁어 먹고 나왔어요. 이런 떡볶이는 처음!
> · 1인당 1인분만 팔고, 포장 주문과 배달 주문도 안 받아서 짜증 나지만, 한번 맛을 보면 다시 먹지 않을 수가 없다. 그래서 더 짜증 난다.
> · 이게 탄수화물인지 마약인지 헷갈린다. 그렇다면 난 마약 중독자!

오픈런을 하고도 삼십 분을 더 기다린 끝에 맛을 본 친친분식 떡볶이는 정말 놀라웠다. 맛있는 떡볶이는 많았다. 신당동에서 친구들과 먹어 본 즉석 떡볶이도 맛있었고, 통인시장에서 먹어 본 기름 떡볶이도 맛있었다. 특히 몇 년 전 가족과 소래 포구로 놀러 가는 길에 인천 남동 공단에 들러서 먹었던 국물 떡볶이 맛은 아직도 생생하게 기억에 남아 있다.

그런데 친친분식 떡볶이는 비슷한 맛이 떠오르지 않을 정도로 독특했다. 그 어디에도 없는, 오직 친친분식에서만 맛볼 수 있는 떡볶이였다. 이 맛이라면 내가 그동안 막연하게 생각만 해왔던 사업에 활용할 아이템으로 쓸 만할 것 같았다.

내가 자퇴를 선택한 이유는 학교에 가기 싫기 때문만은 아니었다. 아무리 생각해 봐도 학교에서 보내는 시간은 내게 별 의미가 없었다. 초등학교 땐 학교에 안 가면 큰일이라도 나는 줄 알았는데, 코로나 팬데믹이 전 세계를 휩쓸고 지나간 뒤에는 굳이 학교에 갈 필요가 있는지 의문이 들었다. 중학교 1학년 2학기와 2학년 1학기 대부분을 온라인 비대면 수업으로 보냈는데도 별다른 문제가 없었으니 말이다.

성적이 좋지 않은 데다 딱히 하고 싶은 것도 없었다. 대학에 가지 않고 기술을 배워 취직이나 해야겠다는 생각에 특성화고 전기전자과에 진학했다. 관심이 있어서 선택한 전공은 아니었다. 학교에서 전기 기능사를 딴 후 한국전력공사에 연봉 4500만 원을 받으며 취직했다는 졸업생의 홍보에 혹했다.

열심히 하면 나도 한국전력공사 같은 공기업이나 삼성전자 같은 대기업에 취직해 어깨를 펼 수 있을 줄 알았는데 착각이었다. 선배들을 보니 죄다 지방에 있는 중소기업에서 2교대나 3교대로 일하며 개고생하거나 전공과 상관없는 콜센터 같은 곳에서 최저 임금을 받으며 일했다. 다가올 미래가 뻔한데 굳이 학교에 머무를 이유가 있을까. 하루라도 일찍 학교에서 벗어나 돈을 벌 궁리를 하는 게 낫겠다는 생각이 들었다. 나는 날을 잡아 엄마와 아빠 앞에서 웅변하듯 준비한 말을 쏟아 냈다.

"특성화고 졸업해도 공기업이나 대기업에 취직하기 어려워. 그리고 운이 좋아 취직해도 별 볼 일 없어. 학교에서 플래카드를 걸어 공기업이나 대기업 취업에 성공한 선배들을 자랑하는데, 며칠 전에 뉴스 봤지? 그 선배들이 연봉이나 승진에서 대학 나온 사람보다 차별받고 있다잖아. 그런 대접 받을 거라면 빨리 자퇴하는 게 나을 것 같아."

엄마는 답답한지 입을 닫은 채 나를 외면했다. 아빠는 미간을 찡그리며 내게 물었다.

"그래서! 자퇴하면 뭐 할 건데? 계획은 있어? 아무런 계획도 없이 자퇴하면 죽도 밥도 안 된다, 이 녀석아! 세상이 그렇게 만만하지 않아!"

나는 온 힘을 다해 진지하게 거짓말했다.

"나, 대학 갈 거야."

내 말에 깜짝 놀란 엄마와 아빠가 나란히 눈을 크게 뜨고 나를 바라보았다. 엄마가 먼저 입을 열었다.

"너, 지금 뭐라고 했니? 다시 말해 봐."

엄마의 물음에 준비된 거짓말이 술술 흘러나왔다.

"1학년인 지금 자퇴해서 내년에 검정고시와 수능을 동시에 준비하면 남들보다 일 년 더 빨리 대학에 갈 수 있어. 재수하더라도 고3과 똑같은 나이에 수능을 보는 셈이니 일 년을 더 버는 거지."

아빠가 갑자기 나를 끌어안았다. 예상 못한 아빠의 반응에 당황스러웠다. 엄마가 내 등을 토닥이며 살짝 울먹였다.

"엄마는 네가 대학에 꼭 갔으면 했어. 너한테 부담을 줄까 봐 말을 못 했지."

아빠도 내 어깨를 붙잡고 감격한 듯 떨리는 목소리로 말했다.

"어렸을 때부터 공부 머리는 없어 보여서 그저 건강하게 자라 제 앞가림만 해 주길 바랐는데, 언제 이렇게 기특하게 컸다냐!"

아빠 말이 칭찬인지 욕인지 헷갈렸지만, 진심으로 기뻐하는 건 확실해 보였다. 두 사람의 반응을 보니 당황스럽고 죄송했지만, 이미 뱉은 말을 도로 주워 담진 못했다.

아무튼, 나는 연기 대상급 거짓말로 순조롭게 자퇴하는 데 성공했다. 이듬해 봄에 치른 검정고시에서도 어렵지 않게 합격증을 받아 냈다. 열심히 공부하지 않았는데도 시험 문제가 술술 풀려서 놀랐다. 평균 60점만 넘겨도 합격인데, 90점에 가까운 점수를 받았으니 말이다. 지금까지 시험을 쳐서 그렇게 높은 점수를 받아 보긴 처음이었다. 아빠는 내게 한우 투뿔 꽃등심을 사 주며 기쁨을 감추지 못했다.

"우리 아들! 역시 한다면 하는 녀석이네! 잘했다! 참 잘했어!"

아빠의 칭찬을 들으니 어깨에 뽕이 차올랐다. 내가 마치 뒤늦게 각성한 공부 천재라도 된 듯했다. 여세를 몰아 자신감 있게 전년도 수능 기출 문제를 풀어 봤는데, 반도 풀지 못하고 시험지를 덮어 버렸다. 그러면 그렇지. 공부 머리가 없어 보였다는 아빠의 말은 틀리지 않은 모양이다.

하지만 부모님은 남들보다 일 년 반 먼저 고등학교 졸업 자격을 얻은 나를 무척 자랑스러워했다. 공부로 부모님께 칭찬을 받긴 처음이어서 얼떨떨하면서도 기분은 좋았다. 나는 부모님께 한 달만 놀고 본격적으로 수능 준비를 하겠다고 거짓말했다. 엄마는 꽤 많은 용돈을 내 손에 쥐여 주었다.

"큰 결심을 하고 검정고시 준비하느라 고생 많았어. 채웠으면 비워 내야지. 그래야 나중에 머리에 더 잘 들어가. 한 달 더 놀아도 괜찮아."

마음 한구석에 죄책감이 쌓였다. 이왕 벌어진 일이니 제대로 수능을 준비해 볼까 잠시 고민해 봤지만, 손도 대지 못한 기출 문제를 떠올리며 고민을 접었다. 더 큰 문제는 시간과 돈이 있어도 딱히 혼자서 놀 만한 곳이 없었다는 점이다. 만화 카페와 PC방도 하루이틀만 재미있을 뿐이었다.

무엇보다도 또래들이 학교에 있을 시각에 바깥을 돌아다니면 괜히 눈치가 보였다. 그럴 때면 어차피 인서울 대학교 졸업장을 따도 좋은 직장에 취직하기 어려운 세상이니, 빨리 돈을 벌어서 잘 사는 모습을 보여 주는 것이 부모님께 효도하는 거라고 나 자신을 다독였다. 하지만 어디서 어떻게 돈을 벌어야 할지 감이 잡히지 않았다.

그러다가 친친분식에서 떡볶이를 맛보고 벼락이라도 맞은 듯한 전율이 일었다. 그 맛을 그대로 재현해 분식집을 차리면 절대로 망할 일은 없겠다는 확신이 들었다. 문제는 어떻게 그 맛을 재현하느냐였다. 내가 시도할 방법은 하나, 가능한 한 많이 먹어 보기였다. 마침 내겐 시간도 있고 돈도 있었다.

특성화고에서 같은 반 친구였던 서준이 오랜만에 메시지로 안부를 물었다. 자기도 자퇴했다는 소식과 함께. 학교에선 조금 어색했던 사이였는데, 나처럼 자퇴했다는 소식을 들으니 갑자기 찐친이라도 된 듯한 친밀감이 들었다. 나는 친친분식을 떠올리며 서준에게 자퇴 기념으로 진짜 맛있는 떡볶이를 사 줄 테니 얼굴이나 보자고 제안했다. 서준은 지금 바로 찾아오겠다며 흔쾌히 제안에 응했다. 약속 시각은 삼십 분 후로 정해졌다. 나는 미리 친친분식 앞에서 줄을 서서 서준을 기다렸다.

친친분식 매장 내에 자리가 나기 직전에 누군가가 뒤에서 갑자기 내 두 어깨를 꽉 붙잡았다. 깜짝 놀라 뒤돌아보니 씩 웃고 있는 서준이 보였다.

"김민준, 잘 있었냐?"

나는 빈자리로 서준을 이끌며 심드렁하게 말했다.

"뭐, 그럭저럭?"

나는 테이블에 놓인 주문지에 볼펜으로 떡볶이 2인분, 모듬 튀김 하나를 체크했다. 서준이 주문지 아래에 적힌 안내문을 조용히 따라 읽었다.

"떡볶이는 여러 손님이 맛볼 수 있게 1인당 1인분만 주문 가능합니다? 뭐야. 이 집?"

"여기, 재료 떨어지면 일찍 문을 닫아. 나도 너 오기 전에 삼십 분 동안 기다렸다."

"그래? 얼마나 맛있길래?"

"일단 먹어 봐. 어디서도 먹어 보지 못한 맛이야. 희한해."

잠시 후 주문한 떡볶이와 모듬 튀김이 나왔다. 서준이 먼저 포크로 떡볶이에서 떡 하나를 찍어 먹었다. 나도 떡을 찍어 먹으며 서준의 반응을 살폈다. 서준의 눈이 커졌다.

"정말이네? 뭐 이런 맛이 다 있냐? 무슨 떡볶이 맛이 아이스크림처럼 부드럽지?"

서준의 맛 표현이 떡볶이와 찰떡처럼 어울려서 놀랐다. 나는 마음속으로 나중에 떡볶이 집 문을 열면 '아이스크림 떡볶이'라는 간판을 달겠다고 다짐했다.

"맛있게 먹으니 사 주는 보람이 있다, 새끼야."

나와 서준의 포크질이 바빠졌다. 서준은 내가 처음 떡볶이를 먹었을 때처럼 튀김에 소스를 발라 먹으며 감탄을 멈추지 않았다. 나는 포크를 테이블 위에 내려놓고 서준에게 슬며시 물었다.

"왜 자퇴한 거야?"

서준이 포크질을 멈추더니 표정을 굳혔다.

"처음에는 졸업장만 따면 취업은 알아서 시켜 준다니까 버티려고 했지."

서준은 공장에서 현장 실습을 하다가 투신자살한 선배 이야기를 꺼냈다. 나도 그 이야기를 듣고 충격을 받았는데, 학교에서 실시간으로 그 소식을 접한 서준이 받은 충격은 훨씬 더 큰 듯했다.

"회사에서 그 선배를 그렇게 구박했다더라. 실수하면 월급 날아간다고 협박하면서."

"학교에선 몰랐대?"

서준이 차갑게 웃었다.

"학교에서 그 선배에게 뭐라고 했다는지 알아? 네가 잘못한 게 없는지 생각해 보면서 버티라고 했다더라. 그게 말이 되냐? 우리 반 스물다섯 명 중에서 너랑 나를 포함해 벌써 열 명 넘게 자퇴했어. 예준이, 하준이, 주원이……."

잠시 침묵이 흘렀다. 나는 어색하게 웃으며 서준에게 물었다.

"이제부터 뭐 할 생각이야?"

서준은 대답 대신 내게 역으로 질문을 던졌다.

"너는 수능 보겠다고 나갔잖아? 잘돼 가고 있어?"

"검정고시에 합격했어. 이제 슬슬 준비해야지."

서준이 손뼉을 치며 호들갑을 떨었다.

"오오! 이제 고졸인 거냐? 김민준! 한다더니 정말로 하네?"

나는 손사래를 쳤다.

"씨바, 쪽팔리게 그러지 마. 그래서 넌 뭐 하려고?"

"돈 벌어야지, 뭐."

서준의 입에서 나온 돈이라는 말에 귀가 솔깃했다.

"어떻게 벌려고?"

서준은 주위를 살피더니 목소리를 낮게 깔았다.

"친한 형이 말해 준 건데, 요즘에 배달 대행 일이 많아서 오토바이 한 대만 있으면 공장에 안 가도 돈을 벌기 쉽다는 거야. 그 형도 매달 200만 원 정도는 꼬박꼬박 번대. 많이 벌 때는 300만 원 넘게 벌고."

"300만 원? 정말 그렇게 많이 벌어?"

내 반응에 신이 난 서준의 목소리가 살짝 커졌다.

"자기가 일한 만큼 돈을 벌 수 있으니까. 공장에서 뺑이 칠 필요가 없어. 그렇게 몇 년 동안 돈을 모은 다음에 군대에 가서 또 돈을 모은다는 거야."

"군대에서? 어떻게?"

"요즘 군대 월급이 많이 올라서 아껴서 적금을 들면 2000만 원은 모을 수 있대. 그러면 스물두세 살쯤에 1억 가까이 생기는 거지. 그 형은 그 돈으로 사업을 할 거라더라."
"무슨 사업?"
서준은 입술을 쭉 내밀고 눈동자를 위로 올렸다.
"으흠……, 그건 나도 못 들었네? 그건 그때 가서 생각해 보면 되지. 일단 돈이 있어야 사업을 시작할 수 있잖아. 돈부터 모아야지. 나도 그러려고."
서준이 지갑에서 무언가를 꺼내 내게 보여 주었다. 원동기 운전 면허증이었다.
"일 시작하려고 이거부터 땄어. 학교 가도 어차피 잠만 자는데 굳이 시간 낭비할 필요 없잖아? 그럴 바엔 낮부터 배달 콜 잡고 돈 버는 게 낫지."

서준을 만난 후로 조바심이 들었다. 방에 들어와 침대에 누워 서준이 보여 준 원동기 운전 면허증을 떠올리니 내 검정고시 합격이 하찮게 느껴졌다. 당장이라도 원동기 운전 면허를 따고 오토바이를 몰며 돈을 벌고 싶은데, 부모님을 설득할 명분이 없었다. 대학에 가겠다는 거짓말까지 하며 자퇴했는데, 인제 와서 배달 일로 돈을 벌겠다고 선언하면 부모님이 과연 허락할까? 어림없는 일이었다.
문득 머릿속에 괜찮은 생각이 스쳐 지나갔다. 친친분식 떡볶이를 그대로 재현해 부모님께 맛을 보여 드리면 통하지 않을까?

무턱대고 사업 자금 마련을 위해 돈을 벌겠다고 선언하는 방법보다는 설득력이 있을 것 같았다.

나는 매일 이른 아침부터 늦은 저녁까지 수시로 친친분식을 살폈다. 주인의 나이는 얼굴만 보면 30대 후반에서 40대 초반쯤으로 짐작되는데 확실하지는 않았다. 수염만 잘 깎으면 더 젊어 보일 것 같았기 때문이다.

친친분식은 오전 11시부터 문을 열지만, 주인은 매일 오전 8시부터 장사를 준비했다. 출입구에 적힌 영업 마감 시각은 오후 6시인데, 그 전에 재료가 떨어져 영업을 마감하기 일쑤였다. 금요일부터 일요일까지는 영업을 하지 않아 방문했다가 허탕을 치고 돌아가는 손님도 많았다. 주말에 하루라도 더 영업하면 더 많은 돈을 벌 수 있을 텐데, 왜 평일에만 영업하는지 이해할 수가 없었다.

주인은 떡볶이 소스를 비롯해 그날 사용할 식자재를 모두 다마스 승합차에 실어 왔다. 그 때문에 친친분식에서 나오는 쓰레기봉투를 뜯어 떡볶이 소스 재료를 분석해야겠다는 계획은 실패했다. 일부러 오픈런을 해 주방이 보이는 자리에 앉아 떡볶이를 먹으며 비법 재료가 따로 있는지 살폈지만, 그런 건 딱히 없었다. 엄마에게 떡볶이 맛을 보여 주면 어떤 재료로 소스를 만들었는지 대충 파악할 것 같은데, 포장 판매를 따로 하지 않으니 떡볶이를 집으로 가져갈 방법이 없었다. 맞벌이하는 부모님은 친친분식이 문을 닫은 후에야 집으로 돌아오고, 부모님이 쉬는 주말에는 친친분식도 쉬었다.

엄마 대신 떠오르는 얼굴이 있었다. 대학 졸업 후 뒤늦게 셰프를 하겠다며 한식 조리 기능사와 양식 조리 기능사 시험을 준비하고 있는 사촌 누나 하윤이었다. 친친분식에 와서 직접 떡볶이를 맛본 하윤은 서준보다 더 감탄하며 눈을 크게 떴다.

"이 떡볶이 진짜 맛있는데? 따로 연구 좀 해 봐야겠다!"

나는 조용히 하윤에게 물었다.

"이 떡볶이 소스의 재료 뭐 같아?"

하윤은 소스를 듬뿍 묻힌 떡볶이를 살피며 중얼거렸다.

"고추장, 물엿, 설탕, 고춧가루, 마늘……, 그리고…….''

나는 하윤의 눈을 뚫어지게 바라보며 대답을 재촉했다.

"그리고?"

"마요네즈."

나는 전혀 생각하지 못했던 재료 이름에 놀라 하윤에게 되물었다.

"마요네즈? 진짜?"

하윤은 삶은 달걀에 떡볶이 소스를 듬뿍 찍어 먹으며 고개를 끄덕였다.

"백 퍼센트."

하윤은 포크로 소스를 긁어모아 다시 맛을 보며 집중했다.

"그것도 엄청나게 들어갔어. 소스 색깔 봐. 빨간색보다는 주황색에 가깝잖아. 조금 넣어선 이 정도 색깔 안 나와."

그날 이후 나는 집에서 점심때마다 하윤이 적어 준 재료와 유튜브에서 찾은 레시피를 참고해 친친분식 떡볶이 맛을 재현하려고 시도했다. 하윤의 혀는 기대보다 더 정확했다. 첫 시도부터 친친분식과 꽤 비슷한 맛을 내는 떡볶이가 만들어진 것이다. 내가 요리에 이렇게 대단한 재능이 있었나 싶어 놀랄 지경이었다.

하지만 딱 거기까지였다. 단맛이 부족한 기분이 들어 설탕 몇 숟가락을 더하니 지나치게 달아졌고, 단맛을 죽이려고 소금 한 숟가락을 더 뿌리니 혀가 살짝 아릴 정도로 짠맛이 강해졌다. 고소한 맛을 강조하려고 마요네즈를 더 짜 넣으니 시큼한 냄새가 올라왔고, 이건 아니다 싶어서 조미료를 왕창 뿌리니 느끼하다 못해 역한 맛이 느껴져 도저히 먹을 수 없는 지경에 이르렀다. 마치 팔레트에 이 물감 저 물감을 다 짜 넣고 섞어서 똥색이 돼 버린 물감처럼 끔찍한 맛이었다. 나는 며칠 동안 음식물 쓰레기봉투만 여러 장 날린 끝에 실패를 인정해야 했다.

고민하던 나는 정면 돌파를 시도해 보기로 마음먹고 친친분식으로 향했다. 시간은 오후 5시였지만, 친친분식은 벌써 재료가 떨어졌는지 일찍 영업을 마감하는 중이었다.

나는 몇 차례 심호흡한 뒤 떨리는 손으로 친친분식 문을 열고 들어가 주인에게 어색하게 인사했다.

"안녕하세요……."

주인은 자주 들르는 나를 알아보고 살짝 미소를 지었다.

"죄송합니다. 오늘은 재료가 다 떨어져서 튀김 몇 개밖에 남은 게 없어요."

나는 주인의 시선을 피하며 말을 얼버무렸다.

"아, 그게 아니고요……."

주인이 말없이 나를 바라보며 다음 말을 기다렸다. 내 목소리가 살짝 떨렸다.

"아저씨. 혹시…… 시간, 조금만 내 주실 수 있나요?"

주인은 살짝 당황하며 내게 물었다.

"시간요?"

나와 주인 사이에 잠시 침묵이 흘렀다. 주인이 고개를 갸우뚱거리며 눈빛으로 내게 대답을 재촉했다. 민망해져 얼굴이 화끈 달아올랐다.

"많이, 바쁘신가요?"

주인은 손에 묻은 물기를 수건으로 닦고 주방에서 홀로 넘어와 내게 빈자리에 앉으라고 손짓했다.

"괜찮습니다. 오늘 영업도 다 끝났는데요. 앉으세요."

"네……."

내가 빈자리에 앉자 주인도 내 앞자리에 마주 앉았다.

"무슨 일 때문에 찾아오셨나요?"

"아! 저는 김민준이라고 합니다. 올해 열일곱 살이고요."

내가 주인에게 어색한 자기소개를 하며 고개를 숙이자, 주인도 내게 고개를 숙이며 다시 인사했다.

"저는 정치인이라고 합니다. 성은 정이고 이름은 치인이에요. 제 이름을 따서 이 분식집 이름을 지었습니다. 치인을 빨리 발음하면 친이잖아요. 친하다는 의미도 있고요."

이름이 정치인? 나는 목에서 터져 나오려는 웃음을 겨우 참았다. 치인은 너털웃음을 터뜨렸다.

"웃긴 이름이죠? 나이는 올해 서른일곱 살입니다. 민준 씨랑 딱 스무 살 차이네요."

민준 씨……. 내 이름인데도 낯설었다. 누군가가 나를 그렇게 부르긴 처음이었으니까. 손윗사람이 손아랫사람에게 꼬박꼬박 존대하고 정중하게 대하는 태도가 낯설면서도 신선했다. 마치 어른으로 대접받는 기분이 들었다. 그런 태도에 긴장이 풀렸다.

"제가 왜 여길 찾아왔냐면 말이죠."

나는 굳이 영업 마감 시각에 친친분식을 찾아온 이유를 털어놓았다. 특성화고를 그만둔 계기를 시작으로 친친분식 떡볶이에 관심을 두게 된 까닭, 떡볶이를 먹으며 재료를 분석했던 과정, 지난 며칠 사이에 떡볶이 맛을 재현하려다가 거듭 실패한 이야기 등이 두서없이 내 입에서 한참 동안 쏟아져 나왔다. 묵묵히 고개를 끄덕이며 내 말을 경청하던 치인이 질문을 던졌다.

"분식집 개업이 다른 업종보다 큰돈이 들어가지 않을 것 같고, 친친분식 떡볶이 맛이라면 무조건 성공해 돈을 벌 수 있을 것 같다. 그게 민준 씨가 레시피를 얻고 싶은 이유라는 거죠?"

내 속마음을 치인의 입을 통해 적나라하게 들으니 염치없게 느껴졌다. 치인은 내 대답을 기다리지 않고 또 질문을 던졌다.

"무엇 때문에 돈을 벌고 싶은 거죠?"

돈이야 뭐, 많으면 좋은 거 아닌가? 세상에 돈 싫어하는 사람이 있나? 하지만, 진지하게 나를 바라보는 치인 앞에 차마 그런 대답을 내놓을 수 없어 입술을 달싹였다.

치인은 내 대답을 기다리지 않고 다른 질문을 던졌다.

"친친분식 떡볶이 레시피는 제가 오랜 시간 동안 실패를 반복하며 연구한 끝에 얻어 낸 결과물입니다. 지금 제가 가진 가장 큰 재산이죠. 민준 씨에게 레시피를 알려 주면 저는 그 대가로 무엇을 얻을 수 있죠?"

머리를 한 대 세게 얻어맞은 듯 정신이 멍해졌다. 예상하지 못했던 질문이었다. 하지만 당연한 질문이었다. 만약에 내가 치인이라면 떡볶이 레시피를 아무런 인연도 없는 사람에게 공짜로 알려 줄 수 있을까? 절대 그럴 리가 없었다.

그런데 왜 나는 치인에게 부탁하면 레시피를 얻을 수 있을지도 모른다고 기대했던 걸까. 치인의 태도가 무척 정중해서 레시피를 알려 달라고 어린아이처럼 떼를 쓸 수도 없었다.

이게 바로 어른의 세계인가. 조금 전과 달리 치인이 높은 벽처럼 단단하고 차갑게 느껴졌다. 나는 아무 말도 할 수 없었다. 치인이 먼저 말없이 자리에서 일어나 주방으로 향했다. 나는 도망치듯 친친분식에서 빠져나왔다.

집으로 돌아온 나는 친친분식 떡볶이 레시피를 얻는 대가로 치인에게 무엇을 넘겨줄 수 있는지 고민해 보았다. 가게에서 돈을 받지 않고 일 년 동안 알바로 일하겠다고 해 볼까? 부모님이 허락할 것 같지 않았다. 게다가 친친분식은 치인 혼자 일해도 충분할 만큼 좁은 공간이어서 알바는 필요 없어 보였다.

몰래 치인의 뒤를 따라가서 집에서 소스를 어떻게 만드는지 훔쳐볼까? 그건 가능할 리가 없고, 가능해도 범죄나 마찬가지였다. 아무리 머리를 굴려 보고 주위를 둘러봐도 치인에게 대가로 넘겨줄 만한 게 없었다. 오기로 몇 차례 떡볶이를 더 만들어 봤지만, 맛이 좋아지기는커녕 오히려 더 이상해졌다.

며칠 뒤, 나는 영업 마감 시각에 맞춰 다시 친친분식을 찾았다. 떡볶이는 물론 튀김까지 몽땅 판 치인은 주방 구석구석을 행주로 꼼꼼하게 닦고 있었다. 나는 그 모습을 바라보다가 헛기침을 했다. 나와 치인의 눈빛이 마주쳤다. 긴장한 내 목덜미가

뻣뻣해졌다.

치인은 옷소매로 이마에 흐르는 땀을 닦으며 내게 물었다.

"답은 찾으셨나요?"

"답, 이라뇨?"

"무엇 때문에 돈을 벌고 싶은지 물어봤잖아요. 그리고 저는 민준 씨에게 레시피를 드리는 대가로 무얼 얻을 수 있을까요?"

나는 치인의 시선을 슬쩍 외면하며 홀 안으로 들어와 빈자리에 앉았다.

"왜 분식집을 여셨어요?"

치인이 젖은 손을 마른 수건으로 닦고 내 앞에 마주 앉았다.

"떡볶이를 정말 좋아하니까요."

나는 잠시 망설이다가 입을 뗐다.

"아저씨가 어떤 분인지 좀 알아봤어요. 죄송한데 솔직히…… 이상해요."

친친분식 떡볶이 레시피의 단서를 찾아보려고 구글로 치인의 이름을 검색하다가 몇 년 전 인터뷰 기사를 발견했다. 인터뷰가 실린 매체는 국내에서 손꼽히는 명문대가 발간하는 학보였고, 놀랍게도 치인은 잘나가는 스타트업의 대표이자 그 대학의 동문으로 소개돼 있었다. 믿기지 않아 눈을 비벼 가며 사진을 여러 차례 살폈는데, 수염만 없을 뿐 치인의 얼굴이 맞았다. 방망이로 뒤통수를 한 대 세게 맞은 듯 정신이 멍해졌다. 내가 이런 이야기를 털어놓자 치인이 너털웃음을 지어 보였다.
"하하. 그게 왜 이상해요?"
"당연히 이상하지 안 이상해요?"
이해할 수 없었다. 누구나 부러워하는 대학교를 졸업한 뒤 세계적인 IT 기업에서 일하다가 스타트업 대표까지 해 본 사람이 뭐가 아쉬워서 이 조그만 동네에 분식집을 연 걸까. 나라면 절대 그러지 않았을 텐데. 인터뷰 사진에 나오는 분위기 좋은 사무실에서 떵떵거렸을 텐데. 부러운 기분이 들면서도 화가 났다. 중학교 3학년 때 같은 반이었던 도윤의 얼굴이 떠올랐기 때문이다.

도윤은 중학교 삼 년 내내 전교 1등을 도맡아 하던 녀석이었다. 그런데도 결코 잘난 척하지 않았고, 누구에게나 친절했다. 여학생들에게도 인기 만점이었다. 키가 딱히 크지 않고, 잘생긴 얼굴이 아니었는데도 말이다.

뭐라고 표현해야 할까. 맑았다. 잡티 하나 없는 하얀 얼굴, 가볍지도 무겁지도 않은 목소리, 주위를 환하게 밝히는 미소. 화장실 거울에 비치는 여드름투성이에 심술이 가득한 내 얼굴을 볼 때면 도윤이 떠올라 부럽고 화가 났다.

나는 자주 도윤의 인스타그램을 살폈다. 중학교 수학 경시대회를 휩쓸고 과학고에 입학했던 도윤은 지금 카이스트 조기 진학을 준비하고 있었다. 남들보다 이른 나이에 대학생이 될 도윤의 모습을 상상하니 가슴이 답답해졌다. 세상의 모든 빛이 도윤을 비추고 있는 것 같았다. 도윤은 나 따위를 신경도 쓰지 않을 텐데, 나 혼자 열등감을 폭발하는 모습이 우습고 슬펐다.

무엇 때문에 돈을 벌고 싶은 걸까. 치인이 며칠 전 내게 했던 질문의 대답을 고민해 보고 결론을 내렸다. 내가 도윤을 넘어설 방법은 단 하나, 돈밖에 없어 보였다. 그런데 내겐 떡볶이 레시피를 얻는 대가로 치인에게 넘길 무언가가 없었다. 나는 내 상황을 솔직하게 털어놓았다. 그러다가 문득 억울한 기분이 들어 두 눈에 눈물이 차올랐다.

"맞아요! 저는 아저씨께 드릴 게 아무것도 없어요! 하지만 저는 그 레시피가 꼭 필요해요! 아저씨는 저보다 가진 게 훨씬 많잖아요? 저한테 레시피를 알려 준다고 해서 아저씨가 딱히 손해 보는 건 없지 않나요? 그냥 알려 줄 수도 있잖아요? 아저씨보다 훨씬 어리고 가진 건 쥐뿔도 없는 저한테 대가를 요구하는 건 좀 치사하지 않나요? 저는 돈 좀 벌면 안 돼요? 이렇게 살 바엔 죽는 게 나아요!"

나는 선을 넘는 말을 한 것 같아 움찔했지만, 한번 터진 입을 멈출 수가 없었다. 내 하소연인지 항의인지 모를 말을 끝까지 들은 치인이 내 눈을 지그시 바라보았다.

"정말로 레시피가 필요해요?"

나는 치인에게 힘줘 말했다.

"네! 정말로 필요해요!"

치인이 나지막한 목소리로 다시 물었다.

"이거 아니면 안 되겠어요?"

"네! 이거 아니면 안 되겠어요!"

치인은 잠시 천장을 바라보며 고민하다가 입을 열었다.

"만약 민준 씨가 친구분처럼 공부를 잘해 좋은 대학교에 입학했다고 쳐요. 그래도 저처럼 떡볶이를 만들 건가요?"

"어! 그건……."

치인이 대답을 기다리지 않고 내게 다시 물었다.

"만약 민준 씨가 저처럼 좋은 대학교를 나와 좋은 회사에 취직했다고 쳐요. 그리고 스타트업 대표 자리에 앉아 있다고 쳐요. 그래도 저처럼 떡볶이를 만드실 건가요?"

말문이 턱하고 막혔다. 치인이 씁쓸하게 웃었다.

"민준 씨, 돈을 벌고 싶다면 분식집보다 다른 일을 하는 게 더 나아요. 민준 씨 생각보다 큰돈이 되는 일이 아니에요. 맛을 유지하고 싶어서 가능한 한 좋은 재료를 쓰고, 포장 판매도 하지 않고 있어요. 보다시피 홀 크기도 작고 테이블도 몇 개 없어요. 스타트업을 운영할 때보다 더 바쁘게 일하고 있는데, 손에 쥐는 돈은 비교도 할 수 없이 적어요. 매달 얼마나 벌고 얼마나 쓰는지 내역을 다 보여 드릴 수도 있어요."

돈이 되는 일이 아니다? 치인의 표정을 보니 거짓말은 아닌 듯했다.

"그런데 왜 떡볶이를 만드세요?"

치인이 어깨를 으쓱거렸다.

"제가 가장 좋아하는 음식이 떡볶이이고, 제가 좋아하는 맛을 가진 떡볶이를 만들어서 많은 사람과 함께 먹고 싶어서요."

치인의 얼굴 위로 도윤의 얼굴이 겹쳐 보여 화가 치밀었다.

"그게 말이 돼요? 아무리 떡볶이가 좋아도 그렇지, 어떻게 잘 나가던 스타트업 대표를 그만두고 돈벌이도 안 되는 떡볶이를 만들어요? 이미 번 돈이 많으니까 여유 부리는 거 아닌가요? 아저씨 솔직히 짜증 나요. 뭐가 그렇게 잘났어요?"

치인이 피식 웃었다.

"그 스타트업 쫄딱 망했어요. 직원들 퇴직금 챙겨 주느라 벌었던 돈은 물론, 집까지 다 팔아서 지금은 가진 돈이 거의 없어요."

나는 치인의 말에 놀라 눈을 크게 떴다.

"네? 정말요?"

"제가 뭐하러 민준 씨에게 거짓말을 하겠어요?"

사막에서 갈증으로 쓰러지기 직전에 오아시스를 발견하고 뛰었는데, 그 오아시스가 사실 신기루였다면 이런 기분일까. 떡볶이가 그렇게 잘 팔리는데도 버는 돈이 많지 않다니.

치인의 고백에 힘이 빠졌다. 허무한 기분과 함께 허기가 일었다. 밥통에는 남은 밥이 없었다. 쌀을 씻으려는데 냉장고에 남은 떡볶이 재료가 떠올랐다. 버리자니 아까운 마음이 들어 떡볶이를 만들려고 냉장고에서 재료를 모두 꺼냈다.

잘 만들어야겠다는 생각 없이 이번에는 그냥 손이 가는 대로, 마음이 움직이는 대로 냄비에 재료와 양념을 넣었다. 저번에 먹었을 때 혀에 거슬리는 맛을 낸 재료를 줄여 보았다. 고추장과 설탕의 양을 확 줄이고 소금을 뺐다. 고춧가루도 몇 숟가락 덜어 냈고, 마요네즈의 양도 반으로 줄였다. 그러자 친친분식의 떡볶이와 거리가 멀지만, 꽤 맛있는 떡볶이가 만들어졌다.

마침 퇴근 후 집으로 돌아온 엄마가 내 떡볶이 맛을 보더니 엄지를 추켜세웠다.

"이 정도면 분식집 차려서 팔아도 되겠는데? 정말 맛있다! 언제 이렇게 실력이 늘었어?"

재료를 뺐는데 더 맛있다고? 엄마의 반응은 내게 신선한 충격을 주었다. 나는 다시 떡볶이를 만들면서 고추장과 설탕을 비롯한 양념의 양을 더 줄이고, 마요네즈를 과감하게 뺐다. 뒷맛이 여전히 느끼해 마음에 걸렸는데, 마요네즈가 원인인 듯했기 때문이다. 그러자 다소 묽어 보이는 떡볶이가 만들어졌다. 친친분식 떡볶이와 완전히 다른 심심한 맛이었지만 바로 전에 만든 것보다 더 맛이 좋았다. 내가 만든 떡볶이 중에서 가장 맛있었고,

어디에서도 먹어 보지 못한 맛이었다.

온전히 내 떡볶이였다. 눈앞을 가리고 있던 두꺼운 안개가 조금 옅어지는 기분이 들었다.

"아저씨는 뭐가 성공이라고 생각하세요?"

다음 날, 영업 마감 시각에 맞춰 또 친친분식을 찾은 나는 치인에게 인사 대신 질문을 먼저 던졌다. 치인이 자리에서 일어나 주방 냉장고에서 쿨피스 두 팩을 꺼내 하나를 내게 건넸다.

"지금 딱히 드릴 게 없네. 돈 안 받을 테니 마셔요."

"가, 감사합니다."

치인은 쿨피스를 따서 한 모금 마신 뒤 말했다.

"성공이라……. 글쎄요, 돈을 많이 벌면 성공한 인생처럼 보일 수도 있을 거예요. 하고 싶은 걸 할 수 있고, 먹고 싶은 걸 먹을 수 있고, 놀러 가고 싶은 곳에 놀러 갈 수 있는. 그런데 사업을 하면서 큰돈을 벌어 보니까 성공을 바라보는 관점이 달라졌어요."

"어떻게요?"

"진짜 성공은 하기 싫은 걸 안 해도 되는 삶을 사는 게 아닐까? 그런 생각이 들더라고요. 불편한 사람과 만나지 않아도 되고, 참석하고 싶지 않은 술자리에 가지 않아도 사는 데 아무런 지장이 없는 삶. 적게 벌어도 누군가에게 아쉬운 소리 하지 않아도 되는 삶."

"어렵네요."

"민준 씨에겐 배부른 소리처럼 들릴지 모르지만, 저는 돈을 많이 벌 땐 하나도 행복하지 않았어요. 그렇게 번 돈도 결국 다 순식간에 사라졌고요."

돈을 많이 벌어도 행복하지 않았다? 나는 치인의 말을 이해하기가 어려웠다.

"그래도 없는 것보다는 백배 낫지 않나요?"

"그건 그렇죠. 옛날에 오스카 와일드라는 유명한 작가가 그런 말을 남겼대요. 젊었을 땐 인생에서 돈이 가장 중요하다고 여겼다. 나이 들고 보니 그것이 사실임을 알게 됐다."

나는 치인의 말을 듣고 웃겨서 마시던 쿨피스를 뿜었다.

"죄송해요, 너무 웃겨서."

치인이 주방에서 행주를 가져와 테이블을 닦았다.

"괜찮아요. 저도 오래전에 물을 마시면서 이 말을 듣다가 웃겨서 뿜었으니. 근데 제게 왜 그런 질문을 하신 거죠?"

나도 벽에 걸려 있던 두루마리 휴지를 급히 뜯어 치인을 거들며 말했다.

"사실 어제 집에서 떡볶이를 만들었는데 제대로 성공했거든요. 지금까지 만든 떡볶이 중에서 가장 맛있었어요. 그런데 아저씨가 만든 떡볶이와는 완전히 다른 맛이에요."

"그래요? 그 떡볶이 맛, 저도 진짜 궁금한데요?"
"만들다가 이런 생각이 들더라고요."
"어떤 생각이 들었나요?"
나는 나름대로 정리한 생각을 풀어놓았다.
"저는 떡볶이를 좋아하지만, 아저씨만큼 좋아하진 않아요. 그 정도 좋아해선 떡볶이에 진심으로 매달릴 수 없겠다는 생각이 들었어요. 그래서 분식집 개업은 포기하려고요."
치인이 호기심 어린 눈빛으로 나를 응시했다.
"어제 만든 떡볶이가 아쉽지 않나요? 그걸로 돈을 많이 벌게 될지도 모르잖아요?"
"돈이야 많이 벌고 싶죠. 하지만 아저씨를 보니까 열정 없이 떡볶이에 달려들면 금방 망할 것 같아요. 지금 당장 가게를 열기도 어려워요. 나이도 어리고 돈도 없으니까요."
치인이 고개를 끄덕였다.
"그렇죠, 그게 현실이죠."
"솔직히 지금 당장은 꿈도 없어요. 그렇다고 공부를 좋아하진 않아요. 저는 아저씨나 카이스트에 들어갈지도 모를 친구보다 공부를 잘할 자신은 없어요. 아빠도 제가 공부 머리는 없다고 할 정도니까요. 하지만 나중에 꿈이 생겼을 때 공부가 제 발목을 잡는 일은 없었으면 좋겠다는 생각이 들었어요. 공부 때문에 꿈에 도전하지 못하는 일이 생기면 슬플 것 같아요. 떡볶이 맛에서 거슬렸던 재료를 빼듯이, 원하지 않은 걸 하나하나 빼다 보니까 신기하게도 저를 위해 공부하고 싶어졌어요. 처음이었어요, 그런 마음은. 저도 이럴 줄 몰랐어요."

치인은 손뼉을 치며 감탄했다.

"와우! 훌륭한 방정식 풀이네요!"

"방정식요?"

"학교에서 수학 시간에 방정식 배웠죠?"

"그럼요."

"어떻게 푸는지 아시죠? 소거법."

소거법. 연립방정식에서 두 방정식을 더하거나 빼서 한 변수를 지워 나머지 변숫값을 구하는 방법. 검정고시 수학 시험을 볼 때 시험지 여백에 X와 Y 변수를 쓰고 지우며 초조하게 문제를 풀던 순간이 눈앞에 스쳐 지나갔다. 치인이 테이블 위에 손가락으로 X를 천천히 반복해 그렸다.

"민준 씨가 떡볶이 재료를 빼서 더 맛있는 떡볶이를 만들었듯이, 하고 싶은 게 뭔지 잘 모르겠다면, 하기 싫은 것부터 하나하나 지워 나가 보는 것도 방법이더라고요. 그렇게 미지수를 줄여 나가다 보면 점점 나도 잘 몰랐던 답에 가까워지는 순간이 와요. 저는 일 때문에 스트레스를 받아 건강을 잃고 싶지 않았고, 사람을 잃고 싶지도 않았어요. 제가 어찌할 수 없는 갑작스러운 변수로 돈을 잃고 싶지 않았고, 먼 미래를 걱정하느라 현재를 잃고 싶지도 않았어요. 이왕이면 좋아하는 일을 해서 밥벌이하고 싶었고요. 저는 그렇게 해서 떡볶이라는 답을 얻었어요. 민준 씨는 저보다 나이는 어려도 훨씬 현명하네요."

현명하다? 생전 처음 듣는 칭찬에 나는 민망함을 감추려고 고개를 내리깔았다.

"현명하긴요, 무슨. 저는 모든 게 애매해요. 보세요. 키도 크지 않고 잘생기지도 않았어요. 특별한 재능이 있지도 않아요. 집안이 어렵진 않지만, 그렇다고 막 잘 살지도 않아요. 솔직히 저 하나 사라진다고 해서 세상이 달라지기나 할까요? 뭐, 부모님은 슬퍼하시겠지만……. 나는 살면서 한 번도 반짝이지 못하고 세상에서 조용히 사라지는 게 아닐까. 그런 생각을 하면 괜히 우울해져요."

치인이 벽에 걸린 사진을 가리켰다. 축구 유니폼을 입은 남자가 운동장에서 환하게 웃으며 치인과 어깨동무하는 모습이 사진에 담겨 있었다.

"제 가장 친한 친구예요."

"축구 선수인가요?"

"네, 프로 축구 선수로 뛰다가 얼마 전에 은퇴했죠. 그런데 이 친구가 축구를 그리 잘하는 선수는 아니었어요. 드리블이 형편없었고, 골도 별로 못 넣었고, 뛰는 속도도 느렸고. 재능이 애매한 걸 넘어 솔직히 없었어요."

"네? 그런데 어떻게 프로 축구 선수로 뛰었어요?"

치인이 두 손으로 공을 던지는 시늉을 했다.

"스로인 알죠? 경기 중에 공이 터치라인을 넘어가면 상대 팀 선수가 라인에 서서 공을 양손으로 던지잖아요. 그 덕분에 국가대표는 못 해 봤어도 프로 리그에선 꽤 오래 뛰었어요. 이 친구가 스로인을 우리나라에서 제일 잘했거든요. 스로인으로 골을 넣은 적도 있다니까요."

"에이! 설마요!"

치인은 휴대전화로 유튜브를 실행해 친구가 스로인으로 골을 넣는 장면을 찾아 보여 주었다. 그가 골대와 가까운 터치라인에 서서 던진 공은, 마치 대포알처럼 빠르게 직진에 가까운 곡선을 그리며 날아가 골 망을 뒤흔들었다. 헛웃음이 절로 터져 나왔다.

"와……, 이게 되네……."

"축구는 골키퍼를 빼면 손을 쓸 수 없는 경기예요. 그런데 이 친구가 워낙 스로인을 잘하니까, 소속 구단의 중요한 세트 피스 공격 전술에 스로인이 추가됐어요. 손을 쓰면 안 되는 운동 경기에서 손으로 경기의 흐름을 바꾼 선수가 된 거예요. 어이없긴 한데 멋있지 않나요?"

치인은 휴대전화를 앞주머니에 집어넣으며 말을 이었다.

"저는 다양한 형태의 성공이 있고, 성공으로 가는 길은 그보다 더 다양하다고 생각해요. 어제와 다른 마음을 가지게 된 민준 씨의 오늘은 민준 씨를 다른 내일로 이끌어 줄 거예요."

치인이 주방 냉장고에서 캔 맥주를 꺼내 내게 건넸다. 제로 맥주였다.

"축하주예요."

나는 얼떨결에 캔 맥주를 받아 들었다. 치인이 캔을 따며 내게 건배를 청했다. 살짝 눈치를 보던 나도 캔을 땄다. 내 캔과 치인의 캔이 부딪쳐 둔탁한 소리를 냈다. 나는 쑥스러운 목소리로 치인에게 말했다.

"저 사실은 어른과 처음으로 술을 마셔요."

"눈치 보지 말아요, 제로 맥주인데. 음료수라고 생각해요."

맥주가 목구멍을 타고 짜릿하게 넘어갔다. 제로 맥주라지만, 친구들과 몰래 마셨던 맥주보다 더 진짜 맥주 같았다. 치인의 친구가 던진 공이 골 망을 가르는 영상이 눈앞에 아른거렸다. 내게도 아직 발견하지 못한 특별한 무언가가 있을까.

문득 내가 어른에 한 발짝 더 가까워진 것 같았다.